Sho&Sena
「ダブル・バインド」

「瀬名、俺は――」
上條の言葉を遮るように、
瀬名の唇が重なった。
さっきの短いキスとは違い、
瀬名は唇をゆっくりとしっかり押しつけてきた。
（本文 P.97 より）

ダブル・バインド

英田サキ

キャラ文庫

この作品はフィクションです。
実在の人物・団体・事件などにはいっさい関係ありません。

目次

口絵・本文イラスト／葛西リカコ

真宮《まみや》祥《しよう》は日が差し込む白い廊下を歩きながら、病院はやっぱり嫌いだと思った。

ベッドに縛りつけられている人たちの悲しみや苦しみが空気中で混ざり合い、目に見えないウイルスとなってあちこちに浮遊しているような気がするのだ。息をするたびそれらが肺の中に深く入り込み、やがて血液に溶け出して、身体中を好き勝手に巡りだすのではないか。そんな馬鹿げた妄想に駆られてしまう。

なんだか不安になってきてヒカルを呼びたくなったけれど、いつも兄弟のように仲がいい少年は、どこかに雲隠れして気配すら感じさせない。わかっている。ヒカルも病院は嫌いなのだ。

いつもヒカルに頼ってばかりじゃいけない。祥はスッと息を吸い込んだ。

「ねえ、智秋《ちあき》。エリックはいつ退院できるのかな」

隣を歩いていた瀬名《せな》智秋は、「さあ」と微笑《ほほえ》んだ。瀬名の笑い方はきれいだ。白い歯をかすかに覗《のぞ》かせながら、絶妙な角度で口角を引き上げる。つくりものめいた笑顔なのに、それでいて嫌みが感じられないのはすごい。もしかしたら瀬名は毎日鏡の前で、魅力的に見える笑い方を研究しているのかもしれない。

「手術は成功したのに、どうして家に帰れないんだろう?」

「まだ容態が完全には安定していないみたいだから。エリックには持病があるからね」

知っている。腎臓が悪いのだ。でも胃潰瘍《いかいよう》の手術に腎臓の不調がどう関係するのだろう。

祥の里親のエリック・ウォレスは、もうじき七十歳になる高齢の精神科医だ。二か月前、強い胃の痛みを訴え、病院に運び込まれた。急性の胃潰瘍と診断され、手術を受けることになった。手術は無事に終わり、エリックは胃の三分の二を失った。

「祥。笑顔で挨拶《あいさつ》するんだよ。そんな顔で会うとエリックが心配する」

瀬名に頬《ほお》を軽く叩《たた》かれ、祥は意識して笑顔を浮かべた。

「そう。それでいい」

瀬名は病室をノックし、ドアを引いた。ベッドに横たわるエリックの横顔が見えた。祥はベッドに近づき、エリックの顎《あご》に生えた白いヒゲを指先で撫《な》でた。

「エリック。調子はどう？」

「ああ、祥。まあまあだよ。……今日の飛行機で日本に発《た》つんだろう。寄り道はいかんぞ。飛行機に乗り遅れてしまう」

祥は「大丈夫だよ。まだ四時間もあるのに」と笑い、エリックの額にキスをした。

「智秋。祥のことを頼んだよ。私が日本に一緒に行ければよかったんだが」

「私がついていますから心配しないでください。エリックは早く自分の病気を治さなきゃ」

瀬名はベッド脇《わき》の椅子《いす》に腰を下ろし、エリックのシワだらけの手をそっと摑《つか》んだ。

「ああ、そうだな。早く退院しないと、マーサがうるさくて敵《かな》わんよ」

マーサはエリックの家の住み込み家政婦だ。大柄な体格の黒人女性で、エリックより十歳も年下なのに、まるで母親のように貫禄《かんろく》がある。

「祥。ヒカルは元気か？　最近、見舞いに来てくれないな」

「ヒカルは僕より病院が嫌いだから。日本に行くのをまだ嫌がってる」

「気にすることはない。あの子はなんにでもケチをつける性格じゃないか」

優しく笑うエリックを見ていたら、急に悲しくなってきた。日本に行くことを決めたのは祥自身だが、エリックと離れるのはとても辛《つら》い。そして怖い。

祥は今にも泣きそうになり、エリックに抱きついた。笑って別れるつもりだったのに、やっぱり駄目だった。

エリックは祥の不安を丸ごと受け止めるように、何度も頭を撫でてくれた。

「祥。大丈夫だよ。智秋が一緒なんだから、何も心配することはない」

祥はどうにか笑顔をつくり、「うん」と頷《うなず》いて顔を上げた。

「僕が帰ってくるまでに、エリックも元気になっていてよ。約束だよ」

「ああ、約束するよ」

エリックは目尻《めじり》に深いシワを寄せて、大きく頷いた。

1

「うー。寒いな」

車を降りた途端、冷たい風が吹きつけてきて、上條嘉成《かみじょうよしなり》はスーツの上に着たダウンジャケットの胸もとをかき合わせた。三月に入っても春の気配はまだまだ遠く、朝晩の冷え込みは真冬とそれほど変わらない気がする。

「上條さん。あそこです」

運転席のドアを閉めた滝田晴巳《たきたはるみ》が、上條の背後を指差した。振り返るとひとけのない夜の公園の片隅に、警察関係者たちが寄り集まっていた。至るところで懐中電灯やペンライトがチラチラと揺れている。

すぐそばの路上には赤灯を回したパトカーや鑑識の捜査車両が並んでいた。その中にはバンパーに三角形の小旗をつけた、黒いライトバンもあった。監察医務院の検案班の車だ。

近づいて車内を覗《のぞ》き込むと、運転席に白衣を着た初老の男性が座っていた。上條に気づいた男性はすぐにウインドウを下げ、「どうもどうも」と愛想のいい笑顔を浮かべた。白衣を着ているが監察医務院の専属運転手だ。

「お勧め、ご苦労さまです。柴野《しばの》先生が検案されてます」

上條と柴野絵里《えり》が親しい間柄なのを知っている運転手は、気安い口調で教えてくれた。

滝田と並んで歩きだす。冷たい風にはかすかな潮の香りが混じっていた。出動する前に地図で確認したが、すぐ先は東京《とうきょう》湾だ。いや、もしくは荒川《あらかわ》の河口というべきか。水面というものは繋《つな》がっているので、海と川の境界線など上條にはよくわからない。

午後九時頃、自転車でこの近辺を巡回中だった制服警察官が、不審な死体を発見した。現場は江東《こうとう》区夢《ゆめ》の島《しま》で、京葉《けいよう》線の新木場《しんきば》駅近くにある公園だ。

公園といっても実際に来てみると遊具などは何もなく、背の高い木々と腰辺りまである下生えが、ぽつぽつと点在しているだけだった。すぐそばを国道三五七号線が通り、その隣には首都高速湾岸《わんがん》線が併走するように伸びている。

上條は高速道路を照らすオレンジ色のナトリウム灯を眺めながら、寂しい場所だと思った。車の通りはそこそこあるが、人の気配がまったく感じられないのだ。

現場に近づいていくと様子が見えてきた。まだ鑑識係が慌ただしく動いている。少し離れた場所で同じチームの佐目《さめ》と熊井《くまい》が、所轄署の人間たちと何やら話し込んでいた。上條たちは本部、すなわち警視《けいし》庁の人間で、所属は警視庁刑事部第四強行犯捜査、殺人犯捜査第九係だ。

「やばいですよ。佐目さんたち、もう着いてますよ。急がなきゃ」

「まだ鑑識が入ってるじゃないか。慌てることはないだろう」

上條がのんびりした口調で答えると、滝田は「嫌です。慌てます」と即答して足早に歩きだした。几帳面《きちょうめん》といえば聞こえはいいが、どうにも気の小さい男だ。

身長は百八十センチある上條より高く、そのうえ柔道で鍛えたたくましい肉体を持っている。外見だけはプロレスラーのように迫力があるのだが、残念ながら口を開くと気の弱さがすぐに露呈してしまう。

滝田は上條より六歳年下の二十八歳で、警視庁捜査一課に所属する捜査員の中ではかなりの若手だ。所轄署での活躍が評価されて、念願の捜査一課に大抜擢されたのは四か月前。係長から面倒を見てやれと教育係を押しつけられたため、行動を共にすることが多かった。

悪い奴ではないが、融通が利かないのでたまにイラッとくる。上條は常に臨機応変で、結果オーライという柔軟性のある性格だからなおさらだろう。他人からはそういう性格を適当だとか、自分勝手だとか批判されることもあるが、当たっているのでさほど気にしていない。

規制線で見張りに立っている制服警官に警察手帳を見せ、立ち入り禁止テープを跨《また》ぐ。

「遅くなりました」

上條の挨拶を受け、佐目が「ああ、ご苦労さん」と頷くと、その隣で熊井が「本当に遅い」

と文句を言った。

四十四歳の佐目は小柄な男だが眼光が鋭く、いかにもたたき上げの警察官という雰囲気がある。一方、三十七歳になったばかりの熊井は甘いマスクの優男だが、その洞察力と観察力は相当なもので、ふたりとも現場の捜査員としてはベテランの域に達しており、一緒に仕事をするには心強い先輩たちだ。

上條は白い手袋をはめながら現場に目を向けた。立ち動く鑑識係の隙間《すきま》から、草むらに倒れている被害者の姿が見えた。色褪《いろあ》せたジーンズと、派手な色のパーカらしき上着を身につけている。服装だけ見ればまだ若い男のようだ。

被害者のすぐそばで、親子ほど年の離れた男女が難しい顔で話し込んでいた。ひとりは警視庁検視官の田村《たむら》だった。もうじき定年を迎える田村は階級が警視なので、この現場では事実上の最高責任者になる。

田村の隣にいるのは、白衣を着た監察医の柴野絵里だった。検視官の死体検分には医師の立ち会いが義務づけられている。絵里の背後に立つ若い男は、日下《くさか》という名前の監察医補佐だ。監察医補佐は医師ではないらしいが、日下はインテリ然とした雰囲気があり、白衣を着ていると医者に見えなくもない。

田村から臨場要請が入ったのが、今からおよそ三十分前。つまりは事故死や自殺ではなく、異常死と判断したからだが、どういう死体なのかはまだ何も聞かされていなかった。

「佐目さん。所持品はありましたか？」

「ああ。ズボンのポケットに携帯と財布が入ってた。携帯は壊れているのかバッテリー切れなのか、電源が入らない。今、調べさせている。財布の中に現金が二万ほどと、クレジットカードとメンバーズカードが数枚。本人の財布だとしたら被害者の名前は三沢亮太《みさわりようた》。足立《あだち》区在住の二十一歳だな」

ほどなくして鑑識の現場検証が終了し、上條たちは鑑識と入れ替わるように被害者の周囲を取り囲んだ。白い布を被《かぶ》せられた被害者に向かって、全員が手を合わせる。

絵里と田村が説明のためにその場に留まっていた。絵里は上條と目が合うと、「お疲れ」と気安い態度で手を上げた。上條は「おう」と頷くに留めた。日下が強い視線でこちらを見ている気がしたので目を向けたが、視線が合う寸前に顔を背けられてしまった。

なんだろうと思った。日下とは親しいわけでもなければ、険悪な仲でもない。

「タムさん。死因はなんですか？」

佐目の質問に対し、田村は「まあ、先に仏さんの姿を拝んでくれ」と答え、白い布をめくった。被害者の頭から上半身まではあらわになる。

「わ……」

上條の隣で滝田が声を漏らした。驚いたのは上條も同じだった。

「こいつは……ひどいな」

熊井が整った顔をしかめて呟《つぶや》いた。ひどいという言葉が適切な表現なのかわからないが、そう言いたくなる気持ちは理解できた。いろんな変死体を見てきた上條でも、その死体はかなり異様に映った。

被害者は見るも無惨に瘦《や》せ細っていたのだ。ひび割れた肌は土気色に変色していて、瞼《まぶた》と頰は信じられないほど落ちくぼんでいる。言葉は悪いが、まるでできたてのミイラのようだ。

凄惨《せいさん》なバラバラ死体。体内でガスが発生してパンパンに膨れあがった死体。口腔《こうくう》や眼球にまでウジ虫がびっちり詰まった腐乱死体。この仕事に就いてから凄惨な死体はいくつも見てきたので、特に目を背けたくなるほどの死体ではない。

だが異様に映る。人間がここまで瘦せ細ることができるのか、という衝撃を受ける。

「尋常じゃない瘦せ方だな。これじゃあ骨と皮だ」

佐目の漏らした感想に、田村は「ああ。文字通りにな」と大きく頷いた。

「けどな、この仏さん、こんな姿でちょっと前までは生きてたんだぜ。詳しいことは解剖に回してみないとわからないが、死後六時間から八時間ってところかな」

上條が「死因は餓死ですか？」と尋ねると、田村は「そいつも解剖してみないことにはな」

と難しい顔で腕を組んだ。絵里が補足するように口を開いた。

「高度のるいそう、皮膚の弛緩乾燥、浮腫《ふしゅ》、高度の貧血。所見の限りでは餓死に見えるけど、痩せ衰えているからといって、すぐに餓死だと断定できない。なんらかの感染症を併発して亡くなったとか、栄養失調による多臓器不全とか、他の名前がつく可能性もあるのよ」

だとしても、ここまで極端に痩せているのは異常だ。直接の死因がなんであれ、これは餓死だと言いきっても問題はない気がする。

「人間はどれくらい飯を食わなかったら死ぬんだ?」

「一概には言えないけど、水も食料もなしの絶対飢餓の状態だと、すぐに脱水症を起こしてしまうから、成人で七日から十日ってところかな。食料だけがない場合なら、三十日から四十日。でも置かれた状況で多少の差はあるし、個人差もある。太っている人だと脂肪量が多いから、餓死に至るまで二、三か月ほどかかるとも言われてる」

滝田が悲しそうな顔で「水だけで三か月ですか」と呟いた。食べることが大好きな男なので、想像を絶する地獄に思えたのだろう。

「行き倒れではないんですよね」

田村に尋ねた。ホームレスの路上死は二月が一番多く、死因は凍死と餓死が上位を占めるという。この被害者が三杉亮太ならまだ若く、服装からもホームレスだとは思えなかったのだが、念のために聞いてみたのだ。

「ここまで衰弱していたら、かなり前から自力歩行は困難だったはずだ。聞き込みがまだだから断定はできないが、ガイシャがここで寝泊まりしていた痕跡《こんせき》は見当たらない。それに死斑の様子から、移動させた形跡がある。何者かが死後、この場に遺棄したと見るのが自然だろう」

死体の遺棄はほとんどが殺人か保護責任者遺棄致死とセットになっている。しかし死因が餓死であるなら、容疑者を特定できないことにはその判別が難しい。

「死因はひとまず餓死としてだな、問題なのは外傷だ」

「え？　怪我《けが》をしてるんですか？」

餓死なら外傷はないと思い込んでいたらしく、滝田は心底意外そうだった。

「怪我じゃない。死体の一部が切り取られているんだ。生活反応が見られないから、死亡後に切除したんだろうな。部位は男性器。つまりペニスだよ」

その場にいた男たち全員が、なんとも言えない表情を浮かべた。所轄署の若い捜査員など、無意識なのだろうが自分の股間《こかん》を押さえている。

死体遺棄に加えて死体損壊。にわかに猟奇的な気配が漂ってきた。

「上條。ここはもういいから、お前は滝田を連れて、深川《ふかがわ》南《みなみ》署に行ってくれないか。第一発見者から話を聞き出してほしい」

「え？　第一発見者は警官だったと聞いてますが」

佐目は上條を少し離れた場所に連れていき、声をひそめて話し始めた。

「警官より先に死体を見つけた少年がいるんだよ。ただな、ちょっと妙な話で、今ひとつよくわからない」

「というと？」

「巡回中の警察官がまず最初に気づいたのは、そこの草むらにしゃがみ込んでいる少年だったらしい。こんな夜遅くに何をしているんだと不審に思って近づいてみたら、少年のすぐそばにあの死体が倒れていた。少年に事情を聞いても、自分にはわからない、気がついたらここにいたって答えるだけで、まったく話にならないそうだ」

「薬でもやってたんじゃないですか？」

「詳しいことはわからん。深川南署で保護されているから、会って話をしてこい。お前、子供の扱いが上手《うま》いだろう？」

「いや、別に上手くないですよ。前に少年課にいたってだけで」

佐目は「いいから」と上條の背中を強く叩いた。

「とにかく、なんでもいいから聞き出せ」

「了解です」

車に乗り込んですぐ、滝田が羨《うらや》ましさを滲《にじ》ませた声で話しかけてきた。

「上條さん、柴野先生と親しいんですよね。飲み友達だって聞きましたけど」

「飲み友達っていうか、いわゆる腐れ縁ってやつだ。あいつは中学と高校の同級生なんだよ。俺は六年間、ずっと剣道部にいて、向こうはずっとマネージャーだった」

ポケットから煙草《たばこ》を取り出しながら答えると、滝田は「あんな美人と腐れ縁だなんて、いいなぁ」と目を細めた。

長い髪を無造作にアップした白衣姿の絵里を思い浮かべながら、まあ、美人だしスタイルもいいからな、と滝田の羨ましがる気持ちを一応は理解する。だが絵里は性格が男っぽい。よく言えばさばさばしていて、悪く言えば言動に色気がない。だから昔から絵里に異性を意識したことはなかった。

「柴野先生、独身なんでしょ？　口説いたりしないんですか？」

それに対しては「ないな」ときっぱり答えた。滝田は知らないだろうが、絵里は上條の別れた妻の親友なのだ。

深川南署に到着した上條と滝田は、刑事課の課長から保護されている少年についての説明を受けた。

本人の話によれば、少年の名前は真宮祥。年齢は十七歳で無職。驚いたことに現住所はアメリカのロサンゼルスで、今は一時帰国中だという。

入院中の母親を見舞うために葛西《かさい》の病院を訪問し、その帰り道、新木場駅に向かう途中であの公園の前を通りかかったらしいのだが、覚えているのはそこまでで、警察官に声をかけられるまでの記憶がないという。

「記憶がないって、どういうことなんですか?」

「私も最初は嘘を言ってると疑ったんですが、少年の付き添いで一緒に帰国しているという男性と連絡が取れまして。その男性の説明によると少年は精神疾患を患っているらしく、記憶障害の症状もしばしば見られるそうなんです」

課長はその男性がもうすぐ少年を迎えにやってくることも言い添えた。とりあえず少年に会わせてほしいと申し出ると、刑事課の応接室に案内された。

真宮祥はコートも脱がず、俯《うつむ》き気味でソファに座っていた。ベージュのコートと紺色のジーンズ、それに足もとは黒いローファーという服装で、ひとことで言えば品行方正で真面目な少年に見えた。

「こんばんは。警視庁の上條です。こっちは滝田です」

真向かいのソファに腰を下ろし、安っぽい木目《もくめ》のテーブルの上に名刺を置いた。祥は名刺には見向きもせず、わずかに頭を下げた。

膝《ひざ》を揃《そろ》えてソファに浅く腰かける小柄な姿は、いかにも不安そうだった。僕は心細くて死にそうです、と全身で訴えているようで、震える小動物を髣髴《ほうふつ》とさせる。

痩せているが目は大きく、頬はふっくらしていた。柔らかそうな肌は小さな子供のようで、年よりもかなり幼い印象を受ける。中学生と言われても違和感は感じないだろう。

髪の毛はおそらく染めてはいないのだろうが、少し茶色がかっていて、色白なことと相まってハーフのようにも見えた。

「真宮祥くんだよね。少し話を聞かせてもらいたいんだけど、いいかな?」

できるだけ優しい声で話しかけた。顔も優しく見えるよう、口角を上げ気味にしてみたが、顎に無精ヒゲを生やした男臭い風貌《ふうぼう》では、あまり効果はなかったかもしれない。

祥は「はい」と消え入りそうな声を出した。いたいけな少年を苛《いじ》めているような気分だ。

「お母さんが入院している病院に行ったあと、あの公園のそばを通りかかったと聞いたんだけど、葛西の病院なら葛西臨海公園駅から電車に乗ったほうが近いよね。わざわざ荒川を越えて新木場駅を目指したのは、なぜなんだ?」

「……特に目的は。僕は歩くのが好きなので、散歩がてらに新木場駅まで行ってみようかと思っただけです」

「散歩ねぇ」

疑うわけではないが、納得もできなかった。昼間ならともかく、周囲には工場しかないような寂しい場所を、冷たい海風に吹かれてとぼとぼと歩くなんて気が知れない。

「記憶がないらしいが、覚えているのはどこら辺りまで？」

「荒川を越えて、しばらくまっすぐ歩いていくと、木々の茂った場所があって……。そこまでしかわかりません。気がついたら草地に座り込んでいて、制服のおまわりさんに肩を揺すられていました。そしたら、目の前に誰かが倒れていて……」

「公園の前を通りかかった時間はわかるかな。何時ぐらいだった？」

「病院を出たのが七時過ぎだったので、多分、八時にはなっていなかったと思います」

警官が祥を発見したのが午後九時だから、祥は死体のそばで一時間も過ごしたことになる。失神していたならともかく、そんなに長い時間、あの寒さの中でぼんやりと座っていられるものだろうか。

普通の人間には無理だと思った。受け答えはしっかりしているが、祥の病気は深刻なのかもしれないと推測した。

「失礼します。真宮祥の保護者です」

ドアを開けて室内に入ってきたのは、シルバーフレームの眼鏡《めがね》をかけた細身の男だった。見るからに高級そうなスーツを着て、腕には黒いコートをかけている。

年齢は三十歳前後で、かなりの美形だった。前髪を上げて額を出しているので、インテリ然としたシャープな印象を受けるものの、眼鏡の奥の切れ長の目に色気があるせいか、不思議な艶《つや》っぽさも漂っていた。

「警視庁の上條です」

立ち上がって軽く頭を下げたのに、男は上條を不審そうに見つめたまま、なんの反応も見せない。なんだ、この野郎と思って、眉根《まゆね》にシワを寄せると、男が「上條さん？」と呟いた。

だから上條だと名乗ってるだろうと思いつつ、「ええ」と頷く。

「阪井西《さかいにし》高校の剣道部主将だった上條さんですよね」

「……そうですが」

なぜ知っているんだと驚いていると、男は「わかりませんか」と苦笑を浮かべた。

「二学年下にいた瀬名です。瀬名智秋。覚えていませんか？」

「え……。瀬名？　あの瀬名なのか？」

上條は本気で驚愕《きょうがく》した。瀬名なら覚えているが、まったく別人にしか見えないのだ。上條の知っている瀬名はもっと小柄で線が細く、今にも折れそうな華奢《きゃしゃ》な身体つきをしていた。顔も美少女のような美少年で、こいつは本当に男なのかと疑いたくなるほどだった。

今の瀬名も美形は美形だが、女に見間違えるような要素はいっさいない。むしろ、とびきりの美女を隣に侍らせるほうが様になるだろう。

「お久しぶりです。上條さんが卒業して以来ですから、お会いするのは十六年ぶりですね」

十六年ぶりと言われ計算する。十六歳の少年も今では三十二歳というわけだ。それほどの時間が過ぎたのなら、昔の瀬名と違っていても当然ではないか。

瀬名智秋とは同じ剣道部だった。上條が三年生に進級した年、新一年生の瀬名が入部してきて、いろいろと面倒を見てやった。

瀬名は華奢な体型で筋力こそなかったものの、素質とセンスがあったので、上條の指導でめきめきと腕を上げた。他人と打ち解ける性格ではなく、少々扱いづらい部分もあったが、上條はこつこつと努力する真面目な瀬名を気に入っていた。だからよくふたりで居残って、練習を見てやったりしたものだ。

「お前、随分と変わったから、全然わからなかったよ」

「そうですか。上條さんも変わりましたよ。昔は爽《さわ》やかな感じだったのに、今は……とても渋い大人になられて」

目は笑っているが、さり気なく嫌みを言われた気がした。渋い大人だけなら褒め言葉かもし

れないが、爽やかでなくなったと言外に匂わせたのなら、本音ではむさ苦しいとか思っているのかもしれない。

確かにだらしなくゆるめたネクタイと衿《えり》がよれたワイシャツ、それに小汚い無精ヒゲとくれば、爽やかからはほど遠い。

高校生の頃の瀬名は素直で内向的な性格で、こんな嫌みを言うような男ではなかった。年月はこんなにも人を変えてしまうのか、と悲しく思ったが、遠い日の思い出に耽《ふけ》っている場合ではないと気持ちを引き締めた。今は仕事中だ。

上條は保護者を名乗る瀬名に、祥との関係について詳しい説明を求めた。

「私は今、ロサンゼルスでクリニカル・サイコロジストとして働いています」

「クリニカル……？　それって、どういうお仕事ですか？」

滝田が質問をする。上條にもさっぱりわからなかった。高機能のサイコロでもつくっているのか、はたまたサイコロを狙《ねら》った目で確実に出せるプロなのか、とくだらないことを考える。

「日本語で一番近い言葉だと臨床心理士でしょうか。わかりやすく言えば心理学の専門家として、セラピーなどを行っています」

当然だがサイコロはまったく関係なかった。瀬名がそういう職業に就いたことを意外に思いながら、上條は質問を重ねた。

「じゃあ、この子はお前の患者なのか?」

「いえ。祥の主治医は精神科医のエリック・ウォレス医師です。同時にエリックは祥の保護者でもあります。私はエリックに頼まれ、今回の来日に同行しているだけです」

どうやら込み入った事情があるようだ。日本に母親がいるのに、なぜか祥はアメリカで暮らしていて、アメリカ人の保護者がいる。理由を知りたい気持ちはあったが、事件には関係がないことなので、それ以上の質問は控えた。

「上條さん。祥をもう連れて帰ってもいいでしょうか？　この子は病気のせいで、精神が不安定になりやすいんです。早く休ませてあげたい」

「ああ。今夜はもう帰ってもらっても構わない。だが、できれば明日にでも、また話を聞かせてもらいたいんだが――」

「主治医及び保護者の代理人として、お断りします。祥にこれ以上、余計なストレスを与えたくありません」

木で鼻を括《くく》ったような瀬名の返事に、上條は鼻白んだ。相手は先輩なんだから、もう少しは気をつかった断り方をしてもよさそうなものだ。

「いや、でもな。人がひとり亡くなっているんだ。祥くんは第一発見者だし――」

「祥。おいで。帰るよ」

上條の言葉を無視して、瀬名は祥に話しかけた。祥は素直に立ち上がり瀬名に近寄った。瀬名はごく自然な手つきで祥の肩を抱き寄せ、「大丈夫か？」と囁《ささや》いた。さっきまでのクールな口調とは裏腹の、ひどく優しい声だった。

「うん。でもちょっと頭が痛い」

「家に帰って気持ちが落ち着けば、すぐよくなるよ」

べったりとくっついて甘ったるいムードで会話を交わすふたりに、上條は「こいつらはなんなんだ？」と呆《あき》れた。まるで恋人同士のようではないか。

「では失礼します」

祥の背中に手を添えたまま、瀬名が軽く頭を下げた。祥は参考人ではないので、引き止めることはできない。

仏頂面で「ああ」と頷いた時、上條は祥の右手の甲に、何か文字のようなものが書かれていることに気づいた。

「ちょっと待ってくれ」

応接室から出ていこうとしたふたりを引き止め、素早く祥の右手を掴んだ。

「なんですか？」

瀬名が怪訝《けげん》な顔で上條をにらんだが、上條は構わず祥の手を見つめた。祥の右手の甲には黒いマジックで書いたと思われる、英語の文字があったのだ。

——Murder by Numbers
そんな文字が三行に分けて書かれていた。上條は英語が得意ではないので、どう訳せばいいのかわからないが、『Murder』が殺人や殺人者という意味なのは知っている。

死体を見つけた少年の手に、こんな文字があるのは偶然か？

「これはなんだ？」

祥は上條に摑まれた自分の右手を見て、「わ、わかりません」と首を振った。

「気がついたら、もう書かれていたんです」

「もしかして公園で記憶を失っている間に、誰かに書かれたってことか？」

祥が「痛い」と呟いた。興奮のあまり、強く摑みすぎたようだ。

「悪い。でも大事なことなんだ。ちゃんと教えてくれ」

「ほ、本当にわからないんです。母さんの病院を出た時は、こんなものはなかった。おまわりさんが呼んだパトカーに乗せられた時、自分の手にこの文字があることに気づいたんです」

滝田が祥の手を覗き込み、「マーダー・バイ・ナンバーズ？」と音読した。

「どういう意味でしょう？　数字の殺人？」

「さあな。けど、何者かがこの子の手に書き残したと考えられる。カメラ、借りてこい。写真を撮っておきたい」

「はいっ」

滝田が慌てて廊下に飛び出していった。

「どうして誰かが書いたと思うんですか。祥が自分で書いたかも知れませんよ。この子にはそういう症状があるんです。記憶のない間に何かをしてしまうとか」

瀬名がうんざりしたように文句を言ってきたが、上條は引き下がらなかった。自分の考えに確信があったからだ。

「この文字は祥くんから見て逆さだ。この子は右利きだろう？　祥くんは左手で文字を逆さに書ける特技でもあるのか？」

上條の指摘に瀬名は黙り込んだ。

2

深川南署に捜査本部が設置された。翌日には捜査会議が開かれ、被害者に関する情報が続々と集まってきた。

被害者は間違いなく三沢亮太本人だった。三沢は一か月ほど前から行方がわからなくなっていたが、捜索願は出されていなかった。

三沢は高校を卒業後、バイトを転々としながら、親が金を出しているマンションでひとり暮らしをしており、連絡が取れなくなっても親はどうせ遊び歩いているのだろうと、さほど気には留めていなかったらしい。

バイト先は若者向けのバーで、たまに無断で休むなど勤務態度はよくなかったが、客あしらいは抜群に上手く、特に女性客からの人気が高かったため、店長は大目に見ていたという。

最後に出勤したのは先月の四日で、特に変わった様子はなかったが、翌日からぱったりと仕事に来なくなった。何度、電話をかけても繋がらず、辞めるなら辞めるで挨拶くらいしていけと店長は立腹したそうだ。

要するに三沢という男は、行方不明になっても誰も心配してくれないような生活を送っていたのだが、問題は健康だった成人男性が、たった一か月で餓死に至ったという異常さだった。

絵里が勤務する監察医務院は、基本的に行政解剖のみを担当するので、三沢の遺体は大学の法医学教室で司法解剖が行われた。失踪前の推定体重は五十四キロほどだが、死亡時の体重は二十九キロで約半分近くまで減っており、内臓と脳に萎縮《いしゅく》が見られた。

死因は餓死と断定された。死亡推定時刻は三月八日の午後三時頃。その六時間後に巡回中の警察官によって発見されたわけだが、遺棄された時刻はまったく不明だった。

捜査員たちがもっとも驚愕したのは、切断された性器の行方だった。それはあまりにも意外な場所から見つかった。被害者の喉《のど》の奥に詰め込まれていたのだ。

現場から少し離れた場所にある都立の夢の島公園は、一時期は第二の新宿《しんじゅく》二丁目といわれるほど有名なハッテン場だった。昼間は家族連れなどで賑《にぎ》わう普通の公園なのに、夜になると欲望を持てあましたゲイたちが出会いを求めてやってくる。そのため、そこかしこに使用済みのティッシュやゴムが散乱していたという。

しかし数年前に少年グループが、小遣い欲しさにゲイの男性を襲って死に至らしめた。俗にホモ狩りともゲイ狩りとも言われた事件だが、その影響もあって最近ではハッテン場としての人気は下火になっていて、所轄署によれば小遣い稼ぎを目的とした男たちが増えたという。

そういう場所柄とペニスが切り取られるという特異性から、犯人はゲイではないかという見方もあったが、上條はそんな単純な話ではないような気がしていた。

真宮祥の手に残された文字のことを報告したが、上司たちの反応はひどいものだった。犯人が自ら目撃者に接触するはずがないと反論され、上條は「まあ、常識で考えればそうですね」と同意しておいた。

祥が精神疾患を抱える少年なだけに、上條も慎重にならざるを得なかったのだ。英語の文字は走り書きされた感はあるものの、左手で書いたとは思えないほど滑らかだった。上條は祥ではない何者かが書いたと確信している。

しかし祥に記憶がない以上、断言はできない。あの文字を捜査の俎上《そじょう》に載せてもらえないことは悔しいが、今は仕方がないという思いもあった。

遺棄現場での聞き込みと三沢の交友関係、そして失踪後の足取り。捜査の焦点はこの三つに絞られ、捜査員たちはそれぞれの役割を割り振られた。しかし上條の名前は最後まで呼ばれなかった。

会議室を出ていく捜査員たちを見送っていると、誰かに肩を叩かれた。振り向くと上司の野《の》々《の》村宏史《むらひろふみ》が立っていた。

「上條。ちょっといいか」

野々村が「あっち」と窓際を指差したので、頷いて後ろについていく。野々村は捜査一課の管理官で、階級は警視だ。ノンキャリアで警視まで昇進できる人間はほんのわずかだから、野々村は間違いなく出世組の人間だろう。

それでいて驕《おご》ったところはまったくなく、誰にでも気さくに声をかけ、細やかな気配りを示してくれる男だ。大所帯の捜査一課だが、人望の厚さで野々村に敵う者はいないとさえ言われている。

「真宮祥という少年の保護者、瀬名といったか。お前の知り合いらしいな。親しいのか？」

「いいえ。知り合いといっても高校の時の後輩なんで、昨日が十六年ぶりの再会でした」

野々村は「そうか」と頷き、考え込むように窓の外に目を向けた。額の生え際や分け目には白いものが目立つ。まだ四十六歳なのに、老けて見られることを厭《いと》わないのか、髪を染める気はまったくないようだ。だがそれでいいと上條は思う。今時、ロマンス・グレーなどという言葉はあまり使わないようだが、野々村の白髪はまさにそんな感じで渋くて味がある。

「お前は真宮祥の手に残された文字を、犯人が書いたと思っているようだな」

「はい。なんらかのメッセージではないかと。性器を切り取って口の中に詰めるという異常な行動を考えれば、それくらいやってもおかしくない気がするんです」

野々村は大きく頷き、「俺はお前の勘を信用しているよ」と笑みを浮かべた。

「瀬名は真宮祥の参考人呼び出しを拒否したが、お前から会いに行く分にはどうだろう。昔の知り合いなら、少しは話が聴けるんじゃないか？」

捜査の割り振りに自分の名前がなかったのは、そういうことだったのかと納得した。

「はい。聞いてみせます。ありがとうございます」

「課長には単独で動く許可を取ってあるが、真宮祥の扱いはかなり難しい。不確定な要素で捜査を混乱させないためにも、私に逐一報告を上げてくれ」

上條は気を引き締めて「了解です」と答えた。自分が失敗すれば野々村の足を引っ張ることにもなるのだ。

真宮祥の失われた記憶の中に何かが潜んでいる。その何かを手にすべく、上條は野々村に一礼して会議室をあとにした。

瀬名と祥は中央区にある高級なマンスリーマンションに滞在していた。

アポを取らずに直接訪ねたのは、もちろん断られないためだ。案の定、エントランスに設置されたインターホンの前でしつこく頼み込むと、瀬名は渋々といった雰囲気で自動ドアを開錠してくれた。

上昇していくエレベーターに乗りながら瀬名のことを考えていたら、初めて会った時の記憶が蘇《よみがえ》ってきた。

当時、剣道部の主将だった上條は新入生を勧誘するため、放課後、他の部員たちと共に玄関前でチラシを配っていた。その時、瀬名にもチラシを押しつけたのだが、ふと顔を見ると表情がうつろで肌の色も青白く、明らかに具合が悪そうだった。

気分が悪いのかと尋ねた瞬間、瀬名の身体から力が抜け、その場に崩れ落ちそうになった。慌てて支え、背中に瀬名を負ぶって保健室に向かった。軽いな、と思ったことを覚えている。

保健室のベッドに寝かせ、少しだけ話をしたあと、養護教諭に任せて部活に戻った。瀬名は軽い貧血だったらしく、上條に礼を言うために翌日、わざわざ剣道場に現れた。そしてその時に入部したい旨を告げられたのだ。

『入部させてください。俺に剣道を教えてください』

あの時の初々しい瀬名を思い出すと、今でも唇がゆるむ。少し緊張したような顔つきで、けれど目はキラキラと輝いていた。上條を見上げてきた、あのまっすぐな瞳が今も忘れられない。

保健室で剣道をやってみないかと誘ったのは上條で、それに応《こた》える形で瀬名は入部してきた。そういう経緯もあって、瀬名のことはいつも気になっていた。妙な責任感を感じていたのかもしれない。身体つきは華奢だし顔も女の子のように可愛いから、苛められては可哀相だという、多少、贔屓《ひいき》めいた思いが湧《わ》き、他の部員がちょっかいを出さないように目を光らせた。

怒らせると怖い主将のお気に入りの一年坊主を、わざわざ苛める者はいなかったが、反対に瀬名のほうがなかなか部員に打ち解けず、やきもきさせられたものだ。もっと周囲に馴染《なじ》めるよう、強引に手を引っ張るようにして、みんなとの遊びに連れ出したこともあった。

そういう上條のお節介を瀬名がどう思っていたのか、本当のところはわからない。ただ卒業式の日、後輩たちから渡された色紙の寄せ書きの中に、瀬名の名前もあった。そこには几帳面さが窺《うかが》えるきれいな字で、こう書かれていた。

——一緒に剣道ができてよかったです。

飾り気のない短い言葉だったが、瀬名の本心だと思えた。というより思いたかった。

上條は京都《きようと》の大学に進学したため、そのあと瀬名と会う機会はなかった。何年か経って剣道部の仲間と飲む機会があり、その時に瀬名がアメリカの大学に留学したという噂を聞いた。

そして昨夜、十六年ぶりにあんな形で再会したのだ。瀬名の素っ気ない態度に再会の喜びも半減したが、それでも懐かしい気持ちは今も湧いてくる。

できれば仕事絡みでない形で再会したかったと思っているうちに七階の部屋に到着し、再びインターホンを押した。

出てきたのは祥だった。ハーフパンツに丈の長いダンガリーシャツという格好で、昨日よりも年相応のやんちゃな雰囲気を感じる。

「よう。昨日は大変だったな。頭が痛いって言ってたけど、もう治ったのか？」

距離を縮めようと思い、あえてフランクに話しかけた。すると祥は「治ってねぇよ」とぶっきらぼうに答えた。上條を見上げる目つきは冷たい。というか、完全ににらんでいた。

昨日とはまるで別人のように態度が悪い。もしかして、ものすごい内弁慶《うちべんけい》なのだろうか。

「智秋。昨日のむさ苦しい刑事が来たぞ」

祥が後ろを振り返って声を張り上げた。むさ苦しくて悪かったな、と祥の後頭部に文句をぶつけていると、瀬名が現れた。

今日の瀬名は前髪を額に下ろしているせいか、昨夜よりも若く見えた。服装はベージュのチノパンとゆったりしたモスグリーンのカーディガンで、昨夜の隙《すき》がないスーツ姿と比べると、幾分、柔らかい印象を受ける。

「どうぞ。中に入ってください」

礼儀正しい言葉とは裏腹に、口調は相変わらず素っ気ない。上條は「すまんな」と愛想笑いを浮かべ、革靴を脱いだ。

「あれ。あんたの靴下、穴があいてる」

祥が上條の足もとを見ながら言った。頭を下げて自分の足を見ると本当に穴があいていた。

右の親指がニョキッと飛び出ている。

「いい大人が格好悪いな。最低」

「うん。格好悪いな。まあ、でも俺は気にしないから、お前も気にすんな。靴下に穴があいてたくらいで、悪いことは起きない」

意地悪くからかったのに、上條がまったくこたえなかったのが面白くないのか、祥はムスッとした顔つきでリビングに入っていった。

「遠慮がなくてすみません」

瀬名が祥の無礼を謝ってきた。なぜか視線は上條の突き出た足の親指に向けられている。珍種の虫がそこにいるかのような見つめ方だ。

「それはいいけど。……これ、そんなに珍しいか？」

親指だけをひょこひょこと動かすと、瀬名は「ええ、まあ」と頷いた。

「今時、穴のあいた靴下を穿《は》いている人って、そうはいませんから」

「違う違う。穿いてるうちに穴があいたんだよ。穴あきだってわかってたら、いくら俺でも履かねぇって」

さすがにそこまで無頓着ではないと訴えたつもりだったが、瀬名はどちらでも同じだろうと言いたげな目で上條を見た。

「上條さん、本当に変わりましたね。昔の爽やかさが嘘のようです」

「あのな。三十四歳の男に爽やかさなんて胡散臭《うさんくさ》いもの求めるなよ。お前こそ昔の可愛さはどこに消えた」

「三十二歳の男に可愛さなんて気持ち悪いもの、求めないでください」

可愛さは消えてもいいが、憎たらしさが増加するのはどうかと思う。

案内されて足を踏み入れたリビングは、白を基調とした明るい部屋で、優に二十畳はありそうだった。マンスリーマンションはただでさえ家賃が高いのに、これだけの部屋となると相当な金額になるだろう。

瀬名がサイコロなんとかの仕事で儲《もう》けているのか、祥の保護者が金持ちなのかわからないが、1Kの狭い部屋に住んでいる上條には羨ましい広さだった。

「どうぞ座ってください。お茶を淹《い》れてきます」

クリーム色の革張りソファに祥が座っていた。ソファはL字型にゆったりとカーブしていて、いかにも座り心地が良さそうだ。

祥から少し離れた場所に腰を下ろし、意味もなくクッションを膝に置く。弾力を確かめるように手のひらで押していたら、祥が怪訝そうな顔で「何してんの？」と眉をひそめた。

「別に。暇だからなんとなく。手持ちぶたさとも言う」

「手持ち豚さ……？」

「間違った。正しくは手持ち無沙汰《ぶさた》だ。いくら暇だからって、豚を手で持ったりしないよな」

笑いを取るために言ったのではなく本気で間違ったのだが、祥は「くだらない」と吐き捨て、そっぽを向いてしまった。

「あのさ。言っておくけど、祥は何も覚えていないからな。しつこく聞いたって無駄だよ」

昨夜は自分のことを僕と呼んでいたのに、今日は名前で呼んでいる。態度の違いといい、随分とむら気な性格らしい。

「君のお母さんはいつから入院しているんだ？」

差し障りのない質問から始めようと思ったら、祥はスッと表情を消した。どうやら思いきり差し障りがあったようだ。

「あの女は俺の母親じゃない。祥の母親だ」

挑むように言い放たれ、上條は困ってしまった。時々、言ってることがおかしくなるのは、精神疾患のせいなのだろうが、こういう場面でどういう対応をすればいいのかわからない。

「やめなさい。上條さんが混乱しているだろう」

トレイを持った瀬名が後ろに立っていた。叱《しか》るというより、子供を宥《なだ》めるような口調だ。

「ナルセのチーズケーキだ。食べるだろう？」

瀬名は祥に声をかけながらトレイを置いた。トレイの上には紅茶のカップが三つと、スフレチーズケーキの載った皿が三つある。祥は「やった」と目を輝かせ、さっそくひとつの皿に手を伸ばした。

「上條さんもどうぞ。甘い物、お好きでしたよね？」

尋ねるというより確認の口調だった。大急ぎで遠い日の記憶をさらう。高校の頃、瀬名の前で嬉《うれ》しそうに甘い物を食べたことがあっただろうか。——ない気がする。

あの頃の上條は、男が甘い物を好きだなんてとても格好悪いと思っていたから、人前で甘い菓子類を口にするのは避けていたはずだ。

甘い物に目がないことを、どうして瀬名が知っているのか不思議に思いつつも、上條は差しだされた皿を素直に受け取った。今では男が甘い物好きで何が悪いと開き直っているので、可愛いカフェにひとりで入って、評判のケーキセットを頼めるほどには厚顔になった。

ふわふわの生地をフォークで切って口に放り込む。ほどよい甘味と爽やかな酸味が広がる。舌の上でとろける感触がたまらなかった。美味《うま》いにもほどがある。

「食べ終わったら部屋に行って、エリックに手紙を書きなさい」

「祥が書いてるから、俺はいいだろう」

「駄目だ。エリックは君からの手紙も待ってる。とても楽しみにしているはずだよ」

祥は不承不承の顔つきで頷き、ケーキを食べ終わると紅茶を持ってリビングを出ていった。

「……あの子とは別に、祥という名前の子がまだいるのか?」

念のために聞いてみた。瀬名は優雅な仕草で紅茶を飲みながら、上條の顔を見つめた。冷静に相手を品定めするような目つきだ。なんとなく悔しいので目をそらさずにいると、瀬名はなぜか薄く笑った。馬鹿にされたのかもしれない。

「あの子は祥ではありません。ヒカルという名前の少年です」

「ってことは双子なのか?」

それならキャラクターの違いも納得がいくと思って聞いたのだが、瀬名は首を振った。

「いいえ。違います。パーソナリティが別なんです。祥もヒカルも同じ人間です」

上條は眉間《みけん》にシワを寄せ、ひとまず紅茶を飲んだ。答えはひとつしかない。

「もしかして多重人格とかいうやつか」

「そうです。正式には解離性同一性障害という病名ですが、ヒカルは祥の交代人格なんです」

祥の抱える精神疾患が、まさかそういう病気だとは夢にも思っていなかったので、なんと言っていいのかわからなかった。

上條は額を指でかきながら、言葉を探した。出てきたのは「学生時代に『24人のビリー・ミリガン』を読んだ」という、おおよそどうでもいい言葉だった。

「ああいう感じなのか？」

「分類すれば同じ病気ですが、解離性同一性障害は人によって症状はさまざまなので、一概に同じとは言えません。祥のように子供の頃から明確な症状が現れ、あの若さで長く治療を受けているというケースはごく希《まれ》なんです」

瀬名は一度言葉を切って、紅茶のカップを眺めた。これから上條にどう話そうかと思案しているのかもしれない。

「……祥は日本に住んでいた頃、母親からネグレクトと精神的及び身体的虐待を受けていました。実は母親自身が重度の精神病性障害を発症していて、祥が六歳の時に精神科病院に入院することになりました。祥は母子家庭だったので、母親の姉に引き取られました。その二年後、伯母はアメリカ人と結婚することになり、祥も一緒に渡米しました。ですがアメリカでも祥は幸せになれませんでした。今度は伯母の夫から性的虐待を受けるようになってしまったのです。伯父はそのうち新興宗教にのめり込み、これに反対した伯母を秘密裡《り》に殺害し、祥を連れて教団施設に逃げ込みました。祥はそこで三年間を過ごし、最終的には教団の違法行為などで警察が施設に踏み込んだおかげで、無事に保護されました。十三歳の時でした。ちなみに警察が踏み込んだ時、祥以外の人間は集団自殺を図って、全員が死亡していたそうです」

上條は言葉を失った。そんな波瀾万丈《はらんばんじょう》な人生が、果たして現実にあっていいものだろうか。

あまりに悲惨で壮絶すぎて想像がおいつかない。

「エリック・ウォレス医師は祥の伯母と親しかったこともあり、警察に保護された祥を里子として引き取りました。そして一緒に暮らし始めてから、祥が解離性同一性障害を発症していると気づいたのです。祥には幼い頃の記憶がほとんどなく、交代人格たちが断片的に祥の失われた記憶を保有していました。その頃は八人の人格が認められ、エリックは根気強く治療を進めていきました。そして徐々に人格を統合していった結果、ヒカルだけが残ったのです」

瀬名は渇いた唇を湿らせるように、紅茶をひとくちだけ飲んだ。

「祥の病気のことを上条さんにお話ししたのは、あの子のことをきちんと理解したうえで、慎重に接していただきたいからです。私にはエリックからあの子を預かっている責任があります。今回の帰国は入院中の祥の母親が末期癌《がん》に冒され、余命半年の宣告を受けたためです。あの子がどうしても母親を見舞いたいと言うので、リスクを承知で帰国しました」

「リスクって？」

「祥にとって母親は最初のトラウマです。祥自身は母親から受けた虐待を覚えていないようですが、何かの拍子で記憶が蘇り、心理的に不安定になる可能性は大いにあります。パニックや自傷行為を誘発する恐れがあるので、毎日、私がカウンセリングしてケアを行っています。日本にいる間に症状を悪化させるようなことがあっては、エリックに申し訳が立ちません」

瀬名にすれば、ただでさえ危うい状況に祥を置いているのに、さらに今回の事件にまで巻き込まれて、気が気でないのだろう。外見は随分と変わってしまった瀬名だが、責任感の強さは昔と同じだった。上條はそのことを嬉しく思った。

「わかった。絶対に無茶はしない。約束するから、あの子と話させてくれ」

「では部屋に行きましょう。ヒカルは英語も喋《しゃべ》れるのですが、読み書きが苦手なので機嫌が悪いかもしれません。でも気にしないでください。あの子は祥と違って、感情がすぐ表に出る性格なんです」

リビングを出て、瀬名は廊下に面したドアをノックした。返事はないが気にせずドアを開けると、ライティングデスクでヒカルが頬杖《ほおづえ》を突いていた。広げた便せんはまだ真っ白だ。

「ヒカル。上條が話を聞かせてほしいそうだ」

「いいけど、俺と祥のこと、ちゃんと説明してくれた？　わかってない奴は面倒なんだよ」

「大雑把《おおざっぱ》にね。……どうぞ、話してください」

瀬名はベッドに腰かけた。上條はヒカルのそばにかがみ込んで、目線を下げた。

「祥が表に出ている時、ヒカルは何をしてるんだ？　祥がしてることが全部わかってる？」

「うん。俺は全部わかる。祥は自分以外の人格が表に出ている時の記憶はないけど、俺は祥の記憶も共有しているから」

いい答えを聞いた。ヒカルは祥の行動を把握しているのだ。

「だったら、この文字を誰が書いたかわかるよな？」

ヒカルの右手の甲に、まだうっすら残っている英語の文字を指差す。ヒカルは不愉快そうに鼻の上にシワを寄せ、「ああ、これ？」と手を持ち上げた。

「これは死体のそばにいた男が書いたんだ。勝手に人の手に落書きしやがって、腹が立つ」

「本当か？　じゃあ、ヒカルは男の顔を見たんだよな」

勢い込んで尋ねると、ヒカルは興味なさそうに「見てない」と答えた。

「え？　でも今、言ったじゃないか。死体のそばにいた男が書いたって」

「だって、その時、表に出ていたのは祥じゃなくて、ケイだったから。ケイが表に出ている時は、俺は自分の身の回りで起こっていることは、ぼんやりとしか感じられないんだ」

咄嗟《とっさ》に瀬名を振り返った。

「おい。三つ目の人格がいるなんて聞いてないぞ」

「……すみません。私も驚いています。祥のことは三年前から知っていますが、ケイという人格とは一度も会ったことがなかったので」

瀬名はよほど驚いたのか呆然《ぼうぜん》としていた。瀬名が対処してくれないとなると、自力で頑張るしかない。上條はヒカルに向き直った。

「ヒカル。そのケイって子、出せないか？　会って話がしたいんだ。頼む」

「無理だよ。俺、ケイとは意思の疎通なんて取れないもん。次にいつ出てくるかも全然わかんないし。今回のだって多分、四年ぶりの出現？」

上條はがっくりと肩を落とした。四年も待っていられない。

「俺、あいつ嫌いなんだよね。何考えているのかわからなくて、気持ち悪い。俺も祥もエリックのこと好きだけど、ケイは多分、嫌ってる。だからエリックの呼びかけにも応じないんだ」

「じゃあ、ヒカルが覚えていることを全部教えてくれないか。昨日の夜、何があった？」

とにかくなんでも知りたかった。ヒカルは手に持ったペンを指先でクルクル回しながら、

「何があったって言われてもなぁ」と唇を尖《とが》らせた。

「あのクソババアの病室を出て、祥がてくてく歩き始めたんだ。あいつは生きた屍《しかばね》みたいなクソババアの姿を見るのが辛いんだよ。だったら病院に行かなきゃいいのに、会いに行っては落ち込むの。馬鹿だよな。で、昨日もグズグズ鼻水啜《すす》りながら歩いてたわけ」

上條は昨夜の不安そうな祥の姿を思い出し、やるせない気持ちになった。歩くのが好きだからと上條には説明したが、本当は泣いている姿を誰にも見られたくなかったのではないか。だからすぐ電車には乗らず、一駅歩こうとしたのかもしれない。

「そしたら公園の中に男が立っていたんだ。暗いからよくわからなかったけど、痩せた若い男

だった。男の足もとになんか荷物みたいなのが見えてた。そいつはそれをジーッと見下ろしてたんだ」

ヒカルの言葉は乱暴だが淀《よど》みがない。上條は口を挟まず耳を傾け続けた。

「何をしてるんだろうって祥が見てたら、男は祥に気づいたみたいで、おいでおいでっていうふうに手まねきしていたんだ。まるで、ここに面白いものがあるから、見においでって誘ってる感じだった。俺はやめとけって思ったけど、祥は真面目だから素直に男に近づいていった。男は黒縁の眼鏡をかけてて、髪はすごく短かった」

「顔を見たのか？」

「見たのは見たけど、薄暗かったから顔立ちまではわかんないよ。それに祥は男の足もとにあるものに気を取られて、ずっとそっちばかり見てたしさ。すぐに人が倒れているのがわかって、近づいてみたら……」

ヒカルは嫌そうな顔で黙り込んだ。薄暗い場所でも、それが異様な死体なのはわかったのだろう。祥の目を通してヒカルも見てしまったのなら、気の毒な話だった。

「それで、祥はそのあとどうしたんだ？」

「死体だってわかった瞬間、ショックでその場にへたり込んで気を失った。すぐ俺が出ていこうとしたんだけど、ケイが強引に割り込んできたんだ。いきなりのお目覚めでびっくりだよ。

俺はケイが出ると急にボーッとするんだ。喩《たと》えるなら、濁った水の中に放り込まれたみたいな感じ？　ケイと男はなんか会話をしてたけど、それは覚えてないな。男が俺の手に何か書いたことは、感覚でわかったけど」

男が去るとケイもまたどこかに消えてしまったらしい。ヒカルはそのまま眠ってしまい、警察官に肩を揺すられた時には、もう祥が表に出ていたのだという。

何も覚えていない祥よりはるかに有益な話を聞けたが、上條は頭を抱えたくなった。ヒカルが嘘をついているとは思わないが、あまりにも現実感がなさすぎる。

人格が交代する病気。犯人と会話した第三の人格。厄介すぎて自分の手には負えない気がしてきた。

「ヒカルはどれくらいの頻度で出てくるんだ？」

リビングに戻って再びソファに腰を下ろしてから、上條は尋ねた。

「数日、まったく出てこないこともあれば、二、三日、ずっと出ていることもあります。祥の精神状態が大きく影響するんです」

昨夜は深川南署を出てすぐにヒカルが出てきたと、瀬名は続けて説明した。

「つまり強いストレスを感じると祥は引っ込んで、代わりにヒカルが出てくるってわけか」

「はい。でもたまにヒカルが強く出たがり、祥がこれに応えることもあります」

「ケイはどうなんだ？　何年かぶりで出てきたのはなぜなんだろう」

瀬名は考え込むように腕を組んだ。表情が少し険しいのは、瀬名にとってもケイの出現は不測の事態だったからだろう。

「あくまでも私の想像ですが、母親との再会で精神が不安定になっていたところに、死体を見たショックが重なり、祥にとって耐え難い精神状況が生まれたのかもしれません」

「けど、そういう時はヒカルが出てくるんだろう？　なぜ今回に限ってケイが？」

「わかりません」

瀬名はお手上げだというように、ソファの背もたれに深く身体を預けた。

「ケイを呼び出すのは無理なのか」

「ヒカルが言ってたでしょう？　エリックの呼びかけにも応じないのなら無理です」

「そんな簡単に諦《あきら》めるなよ。お前、医者なんだろう？」

なんとかしてほしくて、つい責めるような口調になった。非難したいのではない。頼みの綱は瀬名しかいないのだ。

上條の藁《わら》にも縋《すが》るような思いを知ってか知らずか、瀬名は話にならないという顔つきで、これみよがしな溜《た》め息《いき》をついた。

「クリニカル・サイコロジストは心の病気を扱う専門家であって、医師ではありません。もちろん日本にいる間、祥の心のケアはしていくつもりですが、彼は私のクライアントではない。主治医のエリックほど高度な信頼関係は築けていません。そういう相手が不用意に祥の心の中に踏み込むのは、祥自身にとって非常に危険なことなのです。下手すれば症状の悪化や――」

「わかった、わかったよ。素人《しろうと》考えで余計なことを言った。謝る」

自分の浅はかさをあっさり認めることで、瀬名の文句を封じ込めた。瀬名は不満そうな目つきを見せたものの、口を閉ざした。

「ところで、祥の手に書かれた文字だけど。Murder by Numbersの意味を教えてくれないか」

「単純に訳せば数による殺人になりますが、順序立てた殺人計画と訳せないこともないですね。私はポリスを思い浮かべました。古いアルバムに、そういうタイトルの曲があるんです」

「ポリス？　なんだ、それ」

上條が聞き返すと、瀬名はきれいに整った眉毛をピクリと動かした。

「ポリスを知らないんですか？　スティングがボーカルをしていたイギリスの有名なロックバンドですよ」

馬鹿にするというより、無知を叱られているようだった。瀬名はポリスに思い入れでもあるのだろうか。

「知らん。俺は洋楽はさっぱりだ。で、それはどんな歌なんだ」

「大雑把に言えば、愚かな国の指導者を揶揄《やゆ》するような社会批判の歌ですね。でも部分的には殺人を助長するように取れる歌詞もあります。たとえばサビの部分の歌詞は、Its murder by numbers one two three, Its as easy to learn as your abc.」

訳してくれると思ったのに、瀬名は口を閉ざした。教えてもらうばかりではなんとなく格好がつかないと思ったが、くだらない見栄《みえ》を張っても仕方がない。上條は早々に白旗を掲げ、「意味は?」と尋ねた。

「一、二、三と数えるように殺せばいい。ABCを習うより簡単なことだ」

上條は眉間にシワを刻み、「なんだ、それは」と呟いた。本当に殺人を勧めるような内容だ。なぜ犯人は祥の手にそんな歌詞を含む歌のタイトルを書き残したのだろう。

「上條さん」

あらたまったように名前を呼ばれ、顔を上げる。何か有益な話でも聞けるのかと期待したのに、まったく違った。

「もう用がお済みでしたら、そろそろお帰りいただけないでしょうか。私はこれから外出の予定がありまして」

「……そりゃ、悪かったな。帰るよ」

もう少し言いづらそうな顔で言ってくれれば可愛げもあるのに、と腹の中で文句を言いつつ玄関に向かう。靴を履き終え、瀬名を振り返った。

「なあ、瀬名。今度、プライベートで飲みに行かないか。あ、そうだ。マネージャーやってた柴野絵里を覚えているか。あいつ、今は監察医になっててさ。仕事でつき合いがあるから、たまに一緒に飲んだりするんだよ。お前がよければあいつも誘って、昔の思い出話でも――」

「申し訳ありませんが、お断りします」

瀬名は淡い笑みを浮かべていたが、口調はまったく遠慮のないものだった。さすがに頭に来て文句のひとつでもぶつけてやりたくなったが、次の瀬名の言葉を聞いて何も言えなくなった。

「お気持ちは嬉しいのですが、私はあの頃のことはあまり思い出したくないんです」

どうしてと安易に尋ねるのが憚《はばか》られる雰囲気があった。

理由を聞けないまま別れたが、微笑みながら他人を拒絶する術を覚えたかつての後輩に対し、しばらくの間、落胆とも寂しさともつかない思いがつきまとって仕方がなかった。

3

瀬名《せな》のマンションを出てから、上條《かみじょう》は祥《しょう》の母親が入院している病院へと向かった。

祥の母親の真宮律子《まみやりつこ》が入院している高田《たかだ》病院は、予想はしていたが精神科医療の専門病院だった。入院患者が多いらしく病棟が三棟もあった。

「昨日でしたら、確かに祥くんはお母さんのお見舞いに来てましたよ」

応接室のソファで上條と向かい合って座る浜口満代《はまぐちみつよ》は、てきぱきとした口調で答えた。看護師長、いわゆる婦長と呼ばれる立場にある女性で、いかにもベテランの看護師といった感じがする。どっしりと構えたふくよかな外見には、ある種の風格のようなものが漂っていた。

「病室には、何時頃までいたのかわかりますか」

浜口看護師長は手元のファイルをめくりながら、「ええ、わかりますよ」と頷《うなず》いた。

「面会は原則として午後五時までですが、ナースステーションに来て面会票に記入していただければ、時間外であっても面会はできます。……記録によると、祥くんは午後七時までお母さんの病室にいたようですね」

軽い安堵《あんど》を感じた。七時過ぎに病院を出たという祥の言葉に、間違いはない。

祥は事件にまったく関与していない、ただの目撃者だ。そんな人物の行動まで調べるのは、明らかにやりすぎだ。わかっていてそれでも調べるのは、祥の言動を疑っているからではない。その逆だ。祥の証言に間違いがないことを、きちんと確認しておきたかったのだ。

「では七時過ぎに病院を出たという本人の言葉は、正しいというわけですね」

「ええ。間違いありません。……変な事件に巻き込まれて、祥くんも気の毒に」

浜口看護師長は表情を曇らせ、溜《た》め息《いき》をついた。

「警察としても申し訳なく思っています。ですがあくまでも、祥くんが事件に無関係であることを証明するために、当日の行動を確認しているだけですので、どうかご安心を」

誠実そうな態度を崩さない上條に好感を持ったのか、浜口看護師長は「だったらいいんですけど」と柔らかく微笑《ほほえ》んだ。

「祥くんはお母さん想いの、本当にいい子なんですよ。帰国してから、毎日のようにお見舞いに来てます」

「確か九年ぶりの帰国だと聞きました。ということは、真宮さんとも九年ぶりの再会になりますよね。真宮さん、息子さんとの再会をさぞかし喜ばれたでしょうね」

上條の呼び水に答える格好で、浜口看護師長は律子の状態について言及した。

「真宮さんは病状が重い患者さんで、祥くんのことも息子だと認識できてないようです。もうずっと外界の刺激には、いっさい反応しないんですよ。一日中、ただ壁や天井を眺めているだけ。それでも祥くんはお見舞いに来るたび、何も答えてくれない母親にずっと話しかけたり、車椅子《くるまいす》で散歩に連れ出したり。本当に健気《けなげ》で見ていて胸が詰まります」

祥には幼い頃の記憶がないと瀬名は言っていた。つまり虐待された記憶がない代わりに、母親のこともまったく覚えていないと考えられる。

血の繫《つな》がりがあるとはいえ、今の祥にすれば見たこともない相手だ。しかも自身は覚えていなくても、虐待の事実があったことは認識しているだろう。そんな人間に果たして肉親の情など抱けるものなのだろうか。

自分の顔も見てくれない。名前も呼んでくれない。母親という名の見知らぬ女性を健気に見舞う、解離性同一性障害の少年。

どんな気持ちで母親と向き合っているのか、祥の気持ちが知りたいと思った。

夜遅くになって、ようやく野々村《ののむら》が摑《つか》まった。深川《ふかがわ》南《みなみ》署のひとけのない会議室に入っていくと、野々村は疲れた様子でパイプ椅子に腰かけていた。

「管理官。顔色が悪いですよ。大丈夫ですか？」

「ああ。ちょっと疲れているだけだ。池袋《いけぶくろ》署にも帳場が立ってな。さっきまで向こうに詰めてた。ガイシャがまだ幼い子供で、やりきれん事件だ」

野々村はコーヒーの入った紙コップを右手に持ち、左手の指先で目頭を揉《も》んだ。

警視庁の捜査一課は常に二十件以上の捜査本部を抱えているので、管理官ともなれば複数の捜査本部を任される。直接、指揮を執るために毎日それぞれの捜査本部に立ち寄り、捜査の進展状況を確認してはあらたな指示を出すが、最終的な決裁は課長に仰がなくてはならないので、中間管理職的苦労が絶えない役職だ。

「真宮祥から話は聞けたか？」

「それなんですが……」

上條は荒唐無稽《こうとうむけい》な話だと呆《あき》れられたら困ると思いながら、祥が解離性同一性障害を患っていることを話した。ヒカルという交代人格から、犯人と接触したという証言は得られたものの、その事実を実際に知っているのは、ケイという滅多に出てこない第三の交代人格であることなど、包み隠さず報告した。

野々村は特に表情も変えずに最後まで聞いていた。冷静沈着な男なのは知っているが、拍子抜けするほど反応がない。

疲れすぎて話が耳を素通りしているのではないかと心配しかけた時、野々村が口を開いた。

「すごいじゃないか、上條。犯人と接触していたなんて、予想以上の収穫だ」

「それはそうなんですけど、ケイって人格が出てきてくれないことには、何もわからないんじゃあ、お手上げです」

「引っ張り出せ」

こともなげに言ってくれる。上條は恨めしい気分で野々村を見下ろした。

「簡単に言わないでくださいよ。方法なんてわかりません」

「とにかく毎日でも会いに行け。何かの拍子に気まぐれを起こして出てくるかもしれんだろ。犯人が祥の手に文字を書いた時にケイが出ていたなら、ケイは犯人を真正面から目撃したことになる。なんとしても人相の証言が欲しい」

野々村の熱のこもった言葉に、上條は「はい」と頷いた。

夜の捜査会議でかんばしい報告は何ひとつ上がってこなかった。現段階で三沢《みさわ》の身辺にトラブルはなかったようだし、携帯電話の通信記録や自宅のパソコンなどを調べても、今回の犯行に繋がるような不審な交友関係は確認されていない。

最後に出勤した二月四日は、仕事先のバーを出たあとで自宅に帰った形跡がなく、しかもその日以降、三沢は誰にも姿を目撃されていないので、失踪したのは四日の深夜以降、つまり五日ではないかと推測された。

捜査本部は犯人が三沢を拉致《らち》し、どこかに監禁して餓死に至らしめたという見方を強めた。五日から携帯の電源が切られていたことと、三沢の服装が失踪当時のままだったことが決め手となった。

死体遺棄、損壊に加え、遺棄致死罪か殺人罪が適用される可能性が高くなり、捜査本部の士気は高まったものの、犯人像はまったく浮かんでこない。もしケイの証言が得られれば似顔絵が作成でき、情報も集めやすくなるだろう。

「上條。真宮祥から聞いた話は、捜査員たちにはまだ伏せておきたい。万が一ということもあるだろう」

野々村の言わんとすることは理解できた。精神疾患を抱えた少年の証言だ。虚言や妄想である可能性がまったくないとは言い切れない。

「下手に犯人像を特定して、もし間違っていた時は大問題になる。もうしばらく様子を見て、祥の言うような男が現場付近で目撃されていたり、三沢の周辺にいたと確認された時点で、公にしたい。それで構わないか？」

慎重になる野々村の考えは理解できたので上條は頷いた。野々村の判断はいつも間違いがない。それは経験上、よく知っている。

上條が野々村を信頼するのは、優秀な上司だからという理由だけではない。野々村はかつて上條の父親の部下だったのだ。

警察官だった上條の父親は、ある事件の捜査中、犯人に刺され、それでも相手を取り押さえた。犯人はかけつけた他の警察官たちに逮捕されたが、父親は病院に運び込まれた直後、出血多量で帰らぬ人となった。その時、上條は高校二年だった。

上條の父親が刺された現場に、真っ先に駆けつけたという野々村は、葬儀の時、息子の上條に「君のお父さんは、本当に立派な方だった」と涙ながらに話してくれた。その後も時々、仏壇に線香をあげに来てくれ、上條が大学を卒業したら警察官になりたいと話した時も、「きっとお父さんも喜ぶだろうな。頑張れよ」と力強く励ましてくれた。

警察官を拝命して六年目で、捜査一課に配属になったが、野々村と一緒に仕事ができるようになったのが、上條には何より嬉《うれ》しいことだった。

「あ。管理官はポリスというイギリスのロックバンドを知ってますか？」

「ポリスか。懐かしいな。高校生の頃にコンサートに行ったことがある。こう見えて、若い頃には洋楽にはまっていてな。ポリスがどうかしたのか？」

祥の手に残された言葉が、ポリスの歌のタイトルと同じであることを説明すると、野々村は記憶を探るような表情で「ああ」と頷いた。

「そういえば、そんな歌があったな。はっきり覚えていないが、多分『シンクロニシティー』というアルバムに入っている曲だ」

「瀬名に歌詞を教えてもらったんですが、ちょっと気になって。連続殺人を予告するような内容とも取れませんか？」

野々村は黙り込んだ。短い沈黙のあとで「まさか」と首を振った。

「考えすぎだろう。ポリスの歌と同じだったのは、たまたまの偶然かもしれないし――」

その時、ドアをノックする音が聞こえ、所轄署の職員が顔を覗《のぞ》かせた。

「お話し中、申し訳ありません。野々村管理官にお客さまです。……どうぞ」

職員がドアを大きく開けると、背後から若い女性が現れた。膝《ひざ》丈のスカートに黒いブーツを履いた、可愛い女の子だ。二十歳くらいだろうか。

明るく染めた髪は肩先できれいにカールしている。少しアイメイクが濃いが、最近の女の子ならこれくらいは普通かもしれない。

「……美久《みく》？　どうしたんだ」

近づいてくる女の子に向かって、野々村は険しい声を出した。

「差し入れを持ってきたの。今夜も遅くなるって言ってたから」

ウサギのアップリケがついたトートバッグを持ち上げ、女の子はにっこり笑った。――可愛い。可愛すぎる。上条は心からそう思った。

「そんなもの、持ってこなくていい」

「だってお父さん、忙しいとすぐご飯を抜いちゃうから。ちょっとでもいいから食べて」

女の子はトートバッグからいそいそと弁当箱を出し始めた。野々村は不機嫌そうにその様子を眺めている。

「あの、もしかして、管理官のお嬢さんですか？」

野々村は確か六年ほど前に離婚しているはずだ。息子と娘がいたが、どちらも妻に引き取られたと聞いている。そのためか、野々村の口から子供の話題が出たことは一度もなかった。

「そうだ。……娘の美久だ」

美久は手を止め、上条に向き直った。細身だが意外と背が高い。軽く百六十はありそうだ。

「初めまして。美久といいます。いつも父がお世話になっています」

丁寧にお辞儀され、慌てて「いえ、こちらこそ」と頭を下げた。

「上条と申します。いや、知らなかったな。管理官にこんなきれいなお嬢さんがいたなんて」

美久は恥ずかしそうに笑い、「よかったら上条さんもどうぞ」と紙皿と割り箸《わばし》を差し出した。

「用が済んだら早く帰れ」

「わかってるって。……上条さん、父をよろしくお願いしますね」

美久は弁当を置くと、あっさり帰っていった。優しい子だな、と感心しながら、せっかくなのでお相伴に与《あず》かることにした。

「ん。うまい。美久ちゃん、料理が上手ですね。いいお嫁さんになりますよ」

お世辞ではなく正直に褒めたのだが、野々村はにこりともせずに「どうかな」と答えた。

黙々と料理を食べる野々村の姿を横目で見ながら、上條はなんとなく可笑《おか》しくなった。

笑いそうになっている上條に気づいた野々村が、「なんだ?」と訝《いぶか》しそうな目を向けてくる。

「いや。父親ってやっぱり娘を嫁に出したくないものなのかな、と思って」

「俺は父親らしいことは何もしてないから、偉そうなことは言えないよ」

きれいに焼けた卵焼きを口に放り込み、野々村は寂しげな笑みを浮かべた。

「ずっと仕事が忙しくて、ろくに家庭を顧みなかった。その挙げ句、妻とも上手くいかなくなって、美久が十二歳の時に離婚した。それからは子供とも年に数回、会えばいいほうだった」

普段はプライベートなことを語りたがらない野々村なのに、今夜は珍しく口が軽かった。

「妻が再婚したんだ。美久は新しい父親とソリが合わなかったようで、俺と一緒に暮らしたいと言い出した。何年も離れて暮らしていたから、今さら娘とどう向き合っていけばいいのか、正直言ってわからん」

言われてみれば、野々村の美久に対する態度が少しぎこちなかった。なんでも器用にこなす男なだけに、不器用な父親という姿も人間味があっていいと感じた。

「大丈夫ですよ。美久ちゃん、お父さんのことが大好きって感じでした。わざわざ父親の職場までお弁当を持ってきてくれる娘さんなんて、なかなかいませんよ」

野々村は気恥ずかしいのか、何も言わずに黙って弁当を食べ続けた。

せっかくの愛情弁当を食べ過ぎるのも悪いので、上條が適当なところで切り上げて会議室をあとにした。トイレで用を足して廊下に出ると、佐目《さめ》とすれ違った。

「あ、お疲れ様です」

「おう、上條。お前、ひとりでこそこそ動いてるらしいな」

こそこそはひどいですよ、と苦笑する上條に顔を寄せ、佐目は声をひそめた。

「会議でまったく報告しないが、どうせ野々村さんの指示なんだろう？　お前は野々村さんのお気に入りだからな。なんか摑んでるなら、こっちにも寄こせよ」

「いや、それがですね」

佐目になら話しても問題はないだろうと判断し、上條は祥のことを説明した。険しい佐目の顔つきがますます険しくなっていく。

「そりゃまた厄介な相手だ。野々村さんが慎重になるのもわかるな」

「はい。現場付近で真宮祥の証言と一致するような人間が目撃されていれば、一気に信憑《しんぴょう》性が高くなるんですけどね」

　今のところ有力な目撃証言はいっさいない。というより、あんな場所なので目撃者そのものが掴まえられないのだ。

「真宮祥との接触を優先させますけど、俺も明日からは通常捜査に参加します。……あ、そういえば、さっき野々村管理官のお嬢さんを見ました。手作りのお弁当を持ってきてくれる娘がいるなんて、羨ましい話ですよね」

「ほう。美久ちゃんが来てたのか」

　佐目が驚きながら言った。上條が「知ってるんですか？」と尋ねると、佐目は何度か会ったことがあると答えた。佐目の息子と美久はかつて同じ小学校に通っていたらしく、運動会などで同じように参観している野々村と、たまに顔を合わせたそうだ。

「何年か前に美久ちゃんは元気ですかって聞いたら、ファッション雑誌の読者モデルをしているって言われたよ。すごいよな。……ところで読者モデルってなんだ？」

「俺もよくわかんないですけど、プロのモデルじゃなくて、一般の子がモデルになって雑誌に載るってやつじゃないですかね」

「そうなのか。美久ちゃん、子供の頃からスタイルがよかったからな」

　さっき見た美久のスラッとした体型を思い浮かべ、あれならモデルもできるだろうと考える。

「しかし、美久ちゃんはお母さんに引き取られたはずだ。どうしてまた急に?」

「お母さんの再婚相手と上手くいかなくて、今は野々村さんと親子水入らずで暮らしているみたいですよ」

佐目は目を細めて「そうか」と何度も頷いた。言葉はなくても自分のことのように喜んでいるのがわかる。佐目は若い頃、野々村と同じ所轄署で机を並べて働いていたことがあるのだ。

「頑張って踏ん張って働いて働き通して、その挙げ句、家庭を失っちまうなんて殺生な話だよな。この仕事は出世するほど家に帰れなくなる。だったら俺はぺーぺーのままでいい。もういい年だし、そろそろ所轄に戻してもらって、残りの警官人生を穏便に終えたいもんだ」

まだ四十四歳の働き盛りの男が口にするセリフとしては、老成しすぎな気もするが、佐目は捜査一課で最年長の部類に入る。激務が絶え間なく続く捜査一課の仕事は、体力のある若い刑事でも相当にきついものだ。佐目くらいの年齢になると、華々しい第一線で活躍するより、無理をしないで仕事ができる環境が、恋しくなるのかもしれない。

「お前も一度、失敗してるんだ。次は家庭を大事にしろよ」

「そんなこと言われても困りますよ。次の予定なんて、まったくまるっきりないんですから」

「いい若いモンが、情けねぇな」

佐目は呆れ顔で上條の背中を強く叩《たた》いた。かなり痛かったが佐目の愛情だと思うことにして、文句は言わずにおいた。

「遅くなってごめん。解剖が長引いちゃって。……あ、お兄さん、注文！」

細身のジーンズにベージュのセーターというシンプルな普段着で現れた柴野絵里《しばのえり》は、椅子に座るなり、そばを通りかかった店員を強引に呼び止めた。

「ええと、とりあえず焼き鳥の盛り合わせと大根サラダと揚げ出し豆腐と、あとは生中《なまちゅう》ね」

「とりあえずっていったら、普通はビールだけだろう。全然とりあえずじゃない」

絵里は「しょうがないでしょ。お腹がペコペコなんだから」と言い返し、上條の食べていた枝豆を横取りして、口に放り込んだ。

飲みに誘ってきたのは絵里のほうだが、上條も会って話がしたいと思っていたので渡りに舟だった。けれど約束の時間に行きつけの居酒屋に着いたものの、絵里からは三十分ほど遅れると連絡が入った。

忙しいのはお互いさまだし、上條も仕事の都合で絵里との約束を反故《ほご》にしたことは幾度となくある。気にせず先に好きな酒の肴《さかな》を注文して、ビールを引っかけながら待っていたのだ。

「あの異常死体、どうだった？　上條も解剖に立ち合ったんでしょ」

一番奥のテーブルだし隣も空席なので、他人に話を聞かれる可能性はまずないだろうが、絵里は声のトーンを落とした。

「ああ。切り取られたナニは、被害者の口の中にあった」

空になった枝豆を手に持ったまま、絵里は「あらま」と呟《つぶや》いた。

「私、口腔内《こうくう》も当然、見たんだけどな」

「言い方が悪かった。喉《のど》の奥まで押し込まれていたんだ。口からじゃ確認できない位置だ」

「よかった。見落としたかと思って焦ったじゃない。で、他には？」

「異常は見られなかった。しかし、あそこまで脂肪のない死体は初めて見たよ」

解剖台の上で切り開かれていく無惨な死体を思い浮かべながら、上條はぬるくなったビールに口をつけた。

消毒液の匂い。肋骨《ろっこつ》を切断する生々しい音。あらわになった内臓。バナナの皮のように頭が骨から剝《は》がされた頭皮。解剖だけは何度見ても、気持ちがいいものではない。

「被害者は一か月前までは、まったくの健康体だったそうだ。病気もしていないし、精神面にも問題はなかった。なのにあんな姿で発見された。短期間でなぜ餓死に至ったんだろうな」

厚生労働省の発表によると、毎年、百人近い人間が餓死している。確実に餓死という死因でこれだけの人数なのだから、実際はもっと多いとも考えられるだろう。この豊かな日本で、飢えによって命を落とす人間がそんなにもいるという事実に、ある種の衝撃さえ受ける。

「上條は餓死と聞いて何を思い浮かべる？」

「……うーん。お金がなくて何も買えず、自宅で孤独死した老人。冬場のホームレス。親に虐待された子供。あとは遭難とか」

「私もそんなものかな。でも被害者はそのどれにも当てはまらないんでしょ？」

そこでビールが届いたので、ひとまず会話を中断して乾杯した。絵里は美味《うま》そうにグラス半分を飲み干すと、鼻の下に白い泡をつけながら「きくー」と大袈裟《おおげさ》に首を振った。

笑えるほど色気がない。というか、そういう姿を平気で男に見せる開けっぴろげな性格に、色気がないというべきか。

「なあ。意図的に餓死させる場合、犯人はどんなふうに被害者を死に至らしめたと思う？」

「わかんないけど、水だけは与えていたはずよ。でなきゃ、もっと早くに死んでる」

「水は与えていたなら、明確な殺意はなかったたってことか」

店員が運んできた大根サラダを豪快に食べながら、絵里は「どうかな」と首を傾《かし》げた。

「なんだ？　殺意はあったっていうのか？」

「違う違う。逆。殺意があれば餓死なんてさせないと思うわけ。だってまどろっこしいじゃない。殺したい相手なら、刺すなり殴るなり絞め上げるなりするでしょ。普通」

普通はな、と上条は胸の中で答えた。他人の性器を切り取って、本人の喉の奥に突っこむような異常者に、普通の概念は通用しない気がする。

「殺意もなく死なせてしまった相手の性器なんて、わざわざ切り取るか？」

「前例はあるわよ。阿部定《あべさだ》とか」

上條さんは「あのな」と顔をしかめた。愛人男性を絞め殺し、性器を切り取って持ち去った大昔の女性の名前を出されても困る。

「犯人が被害者の愛人なわけないだろう。惚《ほ》れてる相手をうっかり絞め殺すことはあっても、餓死させることはないね」

「わかんないわよ？　愛と憎悪が入り交じった複雑な心理状態なら、矛盾した行動を取ることもあるだろうし」

「そういうのは、さっぱり理解できない」

上條はぼやいて、店員に新しいビールを注文した。絵里には祥の手に残された文字のことまでは話せなかった。それは死体を検案した監察医が知ってもいい内容を越えている。

「一番ありそうなのは、なんらかの事情で被害者を餓死させてしまった犯人が、犯人像を攪乱《かくらん》させるために性器を切り取った。とか？」

全然ありそうじゃないと思ったが、頭ごなしに否定するのも悪いので黙っておいた。犯行の発覚を恐れるなら、そんな工作をするより死体を山奥にでも埋めればいい話だ。むしろ逆な気がする。あんな目立つ場所に死体を遺棄した行為に、犯人の挑発の匂いを感じる。祥の手に文字を書いたことにしてもそうだ。

犯人は第三者に顔を見せて接触するという危険を、あえて冒した。逮捕を恐れていないのか、それくらいのことで逮捕などされないと高を括《くく》っているかの、どちらかではないだろうか。

「あ。携帯が鳴ってる」

絵里はバッグから出した携帯の着信を確認すると、「あれ、日下《くさか》くんからだ」と呟き電話に出た。現場で見かけた監察医補佐の、整った若々しい横顔を思い出す。

「もしもし、日下くん？　どうしたの」

絵里は日下としばらくの間、親しげに会話していた。仕事が半分、プライベートが半分という感じの内容だった。

「もしかして、日下とつき合ってるのか？」

電話を切った絵里に尋ねると、「冴えてる」という答えが返ってきた。冗談のつもりで聞いたのだが、当たってしまったらしい。冴えてる男でいたいので、「やっぱり」と頷いた。

「少し前に告白されちゃってね。とりあえず、お友達から始めましょうって感じでつき合ってる。まあ、同じ職場で何年も親しくしてる相手だから、今さらな感じではあるけど」

「あいつ、お前よりかなり年下だろう」

「かなりって言わないでくれる？　五歳しか違わないっつーの」

五歳差はかなりだろうと思ったが、そんなことより友人の幸せは素直に祝福してやらなければ、という義務感に駆られ、上條は真面目な顔で「おめでとう」と言った。

「結婚が決まったわけでもないのに、おめでとうはないでしょ」

人の親切心にケチをつけるように、絵里は嫌そうな顔をした。

「けど、お前に彼氏ができるのは四年ぶりだ。これがめでたくなくて、なんなんだ」

「やだ。あんた、そんなことまで覚えてるの？」

覚えているに決まってる。失恋した絵里に呼びだされ、ヤケ酒につき合わされた挙げ句、スーツにゲロを吐かれたのだ。ついでに言えば、買ったばかりの新品の靴にも大量にかかった。忘れたくても忘れられない悪夢だ。

「上條って記憶力がいいんだか悪いんだか、まったくわからないよね。高校の時のクラスメートの顔なんて、ほとんど覚えてないのに」

三年ほど前、同窓会に参加した時のことを言っているのだ。高校の頃は部活の朝練と放課後の練習で疲れきっていたうえ、朝刊配達のバイトもしていたので、休み時間はほとんど寝て過ごしていた。授業もそこそこ寝ていた。おかげで成績はがた落ち、クラスメートの顔は親しい者以外、ほとんど覚えていないという有り様だ。

「クラスメートは覚えてないけど、剣道部の連中は全部覚えてるぞ。……あ、そうだ。瀬名に会ったんだ」

　真っ先に教えようと思っていたのに、事件のことで頭がいっぱいですっかり忘れていた。

「瀬名って、瀬名智秋？」

　絵里の口からすんなりフルネームが出てきたので驚いた。さすがはマネージャーだ。

　再会の経緯を簡単に説明し、瀬名が今、アメリカでクリニカル・サイコロジストの仕事に就いていると知ると、絵里は「へー」と本気で感心した。

「すごいね、瀬名くん。頭がいいのは知ってたけど、そこまでやれる子だとは思わなかった」

「サイコロなんとかになるのって大変なのか？」

「サイコロジストだって。すごく大変だと思う。私の妹がセラピストになりたいとか言って、相談されたことがあったんだ。その時にアメリカの事情なんかもいろいろ調べて、私も知った職業なんだけどね。ちょっと乱暴に説明すると、薬を使わない精神科医みたいなものかな」

「瀬名は医者じゃないと言ってたぞ」

「医科大は出てないはずだから、厳密にはね。でも大学で心理学を勉強したあと、大学院で博士号を取って、さらに実習で経験を積んで、最後に公的な試験に合格しなきゃなれないはず。

日本の臨床心理士とは違って、アメリカのクリニカル・サイコロジストは、基本的に精神病理を持つ患者を診るんだって。つまり精神療法に従事する専門家ってわけ。治療には保険も効くらしいから、ほとんど医師みたいなものよね」

そこまですごい職業だとは思ってもいなかった。上條は可愛げのない後輩の顔を思い浮かべながら、だったらもう少し自慢すればいいじゃないかと思った。まだ三十二歳なんだから、自分の職業なり成功なりを、少しは鼻にかける尻《しり》の青さくらいあったほうが好ましい。

「瀬名くん、いい男になってたでしょ」

「なんでわかる。あいつ、一年の時は女の子みたいに可愛かったのに」

不満を込めて言ったら、「だからでしょ」と笑われた。

「美少年が美青年になるのは当然じゃない」

「俺はなんか納得がいかなかったけどな」

「まさか美少年は、いずれ美女になるとでも思ってたわけ？」

思ってない。思うはずがない。けれど、なんとなく裏切られた気分だ。強いて喩《たと》えるなら、可愛がっていた幼い弟と何年かぶりで再会したら、向こうのほうが大きくなっていて、見上げて話さないといけなくなった兄の複雑な気持ちに似ているような、似ていないような。

「あんた、瀬名くんによく見とれてたもんね」

「はあ？　そんな事実はないぞ。気にかけて見守っていただけだ。頼れる先輩として」

絵里はすかさず「っていうより、お節介な先輩として、だよね」と訂正した。なかなか痛いところを突いてくる。

「やっぱり俺はお節介だったか。絵里と三人で飲まないかって誘ったら、見事に断られた。昔のことは思い出したくないんだとさ。鬱陶《うっとう》しい先輩だって思われていたのかもな」

自嘲《じちょう》気味の笑いを浮かべると、絵里は少し怖い顔で「違うよ」と言った。

「瀬名くんは上條のお節介、嫌がってなかった。あの子、感情とかあんまり表に出す子じゃなかったけど、そういうのって雰囲気でわかるもん。クラスで相当、孤立していたみたいだから、上條に構ってもらえて嬉《うれ》しかったと思うな」

聞き流せない言葉が出てきて、上條は「ちょっと待て」と手を上げた。

「クラスで孤立って本当なのか？　俺は全然知らなかったぞ」

「あんたは噂話とか疎そうだったもんね。性格も無頓着っていうか鈍感っていうか――」

「俺の悪口ならあとで聞く。それより、瀬名が孤立していた理由はなんなんだ？」

普通に聞いたつもりだったが、食いつきがよすぎたらしい。絵里に「まだ瀬名くんの保護者気分が抜けてないみたいね」と苦笑された。

「孤立っていっても、苛《いじ》めとかそういうんじゃなかったみたい。瀬名くんの家庭の事情っていうのかな。ちょっと特殊だったから」

　確か瀬名は高校に入る前に母親を病気で亡くし、幼い頃に事故で他界した父親の兄、すなわち伯父の家に引き取られたはずだ。それだけなら特殊というほど特殊な話ではない。指摘すると、絵里は上條が知らなかった事実を口にした。

「その伯父さんが暴力団の組長だったのよ。名前まで知らないけど、結構大きな組織だったみたい。クラスメートたちは怖がって、瀬名くんに近づかなかったんだって。瀬名くんも自分から打ち解けていくタイプじゃなかったから、クラスではいつも浮いてたらしい」

「そんなことまで、よく知ってるな」

「友達の妹が瀬名くんと同じクラスだったから、それで耳に入ってきたの」

　高校生の頃にその事実を知っていれば、瀬名のクラスメートたちに怒りを覚えていたかもしれない。だが今は、瀬名と関わりを持ちたくないと思った高校生の幼い心理も、それなりに理解できるから複雑だった。

「剣道部の連中もそのこと知ってたのか？」

「一年は知ってたんじゃないかな。でも、うちの部はみんな仲良かったし、妙な団結力があったから、私の知る限り瀬名くんを避けてる子はいなかったと思う。それと上條が普通に叱《しか》ったりからかったりしてたから、あれもよかったんじゃない？」

部内に変な空気はなかったと信じていたので、それを聞いてホッとした。

「瀬名くんがどういうつもりで、昔のことは思い出したくないって言ったのかわかんないけど、それは上條のせいじゃないと思う。それだけは自信を持って言えるから」

絵里の言葉は嬉しかったが、拒絶された事実に変わりはない。仮に上條を嫌っていなかったとしても、瀬名にとって上條は嫌な過去を思いださせる迷惑な存在なのだとしたら、近づいてこられるのは、不快以外の何ものでもないだろう。

これからどういうふうに接していこうとぼんやり考えていたら、絵里が「あのさ。私からも報告があるんだ」とためらいがちに切り出した。

ああ、これは奈緒子《なおこ》の話だな、とピンときた。

「この前、奈緒子と会ったの。……奈緒子、再婚するかもって言ってた」

当たり前だが、そこまでは予測しきれなかった。動揺を押し隠し、「へえ。そうなのか」と軽い口調で答える。しかしやっぱり動揺しているので言葉が続かない。

絵里はそんな上條を気の毒そうに見つめていた。いたたまれない視線だ。

「相手はね、高校の時のクラスメートなんだって。去年の秋に同窓会で再会してから、たまに食事に誘われてたみたい。今年に入って本格的につき合いだして、この前、プロポーズされたって。多分、受けると思うって言ってた」

去年の秋に再会したのなら、まだ半年ほどのつき合いだ。結婚を決めるのは少し早い気がしたが、そんな感想を口にすれば嫉妬《しっと》していると思われそうで、何も言えなくなった。

「今度、三人でご飯を食べることになった。いい人だったら、奈緒子の結婚を応援するつもりだけど、悪く思わないでね」

「何言ってんだ。思うわけないだろ。俺と奈緒子はもうとっくの昔に赤の他人だ。あいつが再婚しようがしまいが、俺には関係ない」

絵里は焼き鳥を嚙《か》みちぎりながら、「強がっちゃって」と突っこんできた。

「強がってなんかない。奈緒子には幸せになってもらいたいと思ってる」

それは本心だった。今度こそ幸せな結婚生活を送ってほしいと願っている。

「そう？　ならいいんだけど。上條も早くいい人、見つけなさいよね。なんだかあんたの将来が心配で、自分の恋愛どころじゃないわ」

「お前は俺のお袋か」

上條に奈緒子を紹介したのは絵里だ。ふたりは同じ医大の出身で、絵里と同じく奈緒子も医師だった。都内の総合病院の小児科で働いていた奈緒子は、ものすごい美人というわけではないが、優しい顔立ちをした笑顔の可愛い女性だった。

二年交際したのち、二十八歳で結婚した。だが結婚生活は四年しか続かなかった。お互いに多忙すぎたせいもあるが、破局の一番の理由は子供を持つことに対しての温度差だった。

奈緒子は子供を欲しがっていたが、なかなか子宝に恵まれなかった。しかし上條は不妊治療に消極的で、子供は授かり物だから、できなければできなくても仕方がないと思っていた。本気で子供を欲しがっていた奈緒子には、誠意のない態度に映っただろう。

多忙で生活がすれ違い、やがて感情もすれ違い、結果的には上條が奈緒子に愛想を尽かされる形で離婚に至った。

離婚を切りだされた時、上條は慌てた。奈緒子がそこまで不満を溜《た》めていたとは知らず、なんとか思い留まらせようとしたのだ。これからは不妊治療も受けると訴えたが、時すでに遅しで奈緒子の愛情はもうすり切れてしまっていた。

離婚して二年が過ぎた今でも、ひとりきりの侘《わび》しい部屋に帰ると、奈緒子の面影を思い出すことはあった。まだ好きかと言われれば好きだと思う。嫌いになって別れたのではない。しかし、やり直したいと思うほどの情熱もなかった。要するに男の自分勝手な未練というやつだ。

「じゃあ、奈緒子に言っておくから。あんたが再婚を喜んでいたって」

「いや、待て。喜んでいたっていうのは少し違わないか？　おめでとうと言ってた、くらいにしてくれないか」

「どっちでも同じじゃない」

同じなんかじゃない。微妙なニュアンスが違ってくる。しかし絵里にそういう複雑な男心はわからないのか、「面倒くさい男だな」と文句を言われてしまった。

4

玄関のドアを開けてくれた相手に「よう」と明るく挨拶をした上條は、玄関先に立ったまま五秒ほど相手を見つめた。

「ええと、お前は祥だよな?」

「はい。そうです」

祥はぎこちない笑みを浮かべて頷いた。うーん、いいよな、この初々しさ、と女子高生を見てにやける中年オヤジのような感想を持ってしまうのは、ヒカルがあまりにも生意気すぎるからだろう。

上條は聞き込みなどの捜査に参加する一方で、毎日のように瀬名の部屋を訪ねていた。まめに足を運んで接触を繰り返していれば、そのうちケイに会えるのではないかと期待しているのだが、大抵は祥でたまにヒカルという状態が続いている。

祥は次第に人見知りがなくなってきて、素直で可愛いと思えるようになったが、ヒカルは生意気ばかりで、つい大人げなくやり合ってしまうこともあった。その度、瀬名に呆れられた。

「今、智秋は出かけてますけど、いいですか?」

「ああ、いいいい。俺は別に、瀬名に会いに来てるわけじゃないからな」

いないほうがせいせいする、と心の中でつけたし、部屋に上がる。リビングのソファに腰を下ろすと、祥がコーヒーを淹《い》れて持ってきてくれた。

「今日もお母さんの病院に行ってきたのか?」

「はい。今日はすごく暖かかったので、いつもより長く散歩してきました」

上條が「毎日、大変だな」とねぎらうと、祥は母親を見舞うために帰国したのだから、全然大変ではないと答えた。浜口看護師長ではないが、健気という言葉が自然と浮かんでくる。

「上條さん。せっかく来てくれたのにすみません。やっぱり、まだ何も思いだせないんです」

申し訳なさそうに言われ、上條は「ああ、いいんだよ」と手を振った。

「俺こそ毎日のように来て悪いな。鬱陶しいだろうけど、仕事だから勘弁してくれ」

「いえ。僕は全然気にしてません。上條さん、面白い人だから、話をするのも楽しいし」

面白いと言われて悪い気はしない。上條は機嫌をよくして「よく言われる」と頷いた。

「俺と話すことが何かの刺激になって、ケイが出てきてくれればいいんだけどな」

「どうでしょう。僕にはケイの気配がまったく感じられないので、なんとも……」

ヒカルはケイの存在を知っていたが、驚いたことに祥はまったく知らなかった。人格同士の

交流がないのは病状として理解できるが、主治医のウォレス医師が主人格の祥に、なぜケイの存在を教えなかったのか。不思議に思って瀬名に理由を尋ねてみたが、ウォレス医師の治療方針だとしか答えようがないと言われた。瀬名にもわからないのだろう。

「祥が責任を感じることはない。こういうのは駄目でもともとだから、気楽に考えてくれ。俺と会って雑談でもしてくれれば、それでいいんだからさ」

「そう言ってもらえると、気が楽になります。……上條さんは智秋の剣道部の先輩なんですよね？　智秋が剣道をする時は、袴《はかま》の下に下着をつけないのが普通だって言うんですけど、本当なんですか？」

他愛のない質問に笑いそうになったが、同時に強い既視感に襲われた。以前にも、誰かから同じ質問をされた気がする。しかしそれがいつのことで、相手が誰だったのかどうしても思いだせない。

「本当だ。柔道も剣道も昔から下着はつけない。まあ、そうは言っても最近はスポーツ用のスパッツなんかもあるし、実際にノーパンでやってる奴がどれだけいるかは知らないがな」

ちなみに警察の道場ではノーパン派が多数を占める。あくまでも上條の私見だが、本格的に武道をやっていた者ほど、ノーパンを好む傾向にあるようだ。

「でも、穿《は》いてないとスースーしませんか？」

「する。気持ちいいぞ。あの解放感は癖になる。ひとことで言えば、フルチン万歳だな」

「ふ、ふるちん……？　なんですか、それ？」

今時の子供はフルチンという言葉も知らないのかと呆れたが、考えてみれば祥はアメリカ育ちだった。それならわからなくても無理はない。

「フルチンっていうのはだな、男のナニがぶらぶら――」

「上條さん」

頭の上から低い声が降ってきた。振り向くといつの間に帰ってきていたのか、スーツ姿の瀬名が立っていた。怖い顔をして上條をにらんでいる。

「祥に変なことを教えないでください」

「なんだよ。変なことじゃないだろ。フルチンだって立派な日本語だぞ。それにお前だって高校時代、フルチンで練習していたくせに、俺を変質者みたいに言うな」

瀬名は言い返すのも馬鹿らしくなったのか、嫌みたらしい溜《た》め息《いき》をつき、「着替えてきます」と背中を向けた。リビングを出ていく瀬名の後ろ姿を見送りながら、ちょっとフルチンを連呼しすぎたかと、形ばかりの反省をする。

「上條さんといる時の智秋って、なんだか可愛いな」

瀬名がいなくなってから祥がボソッと言った。上條は「はぁ？」と大袈裟に目を見開いた。

「あれのどこが可愛いんだ？　目つきは悪いし嫌みったらしいし、全然可愛くないだろ」

「で、でも、普段の智秋はどんな時も紳士的な態度で、いつもすごく優しいんですよ。なのに上條さんにだけは嫌みを言ったり、怒った顔を見せたりして、あんな智秋は初めてです」

瀬名の飾らない態度が祥には新鮮に映るのだろうが、刺々《とげとげ》しい態度で対応される上條にすればたまったものではない。祥やヒカルには確かに優しいが、だからこその落差に上條の繊細な心はこたえるのだ。

「祥は瀬名と知り合って長いのか？」

「三年くらいになります。僕がエリックの家で暮らすようになってから、知り合ったので」

「ってことは、瀬名はウォレス先生と知り合いだったのか。じゃあ、仕事上のつき合いがあったんだな」

勝手に決めつけると、祥は「いえ」と首を振った。

「仕事じゃなくてプライベートです。智秋の恋人がエリックの――」

なぜか祥は途中で黙り込んだ。微妙に顔が強《こわ》ばって見えるのは気のせいだろうか？

「瀬名の恋人がエリックの、なんなんだ？」

「えっと、子供です。エリックの子供。その人と智秋はもうかなり前に別れたんですけど、智秋とエリックは気が合うみたいで、ずっと親しいつき合いを続けているんです」

上條は変な関係だと思いながら、「ふうん」と頷いた。ウォレス医師の娘と交際していたのはともかくとして、その娘と別れたあとも父親のほうと懇意にしているのは相当変わっている。

「智秋はエリックをとても尊敬しているんです。仕事のことなんかも、よく相談しているみたいですよ」

「ああ、なるほどな」

そう言われると納得した。同じ病理を扱う者同士、話が合うのは想像に難くない。

「あ、そうだ、上條さん。僕、土日は友達の家に泊まりに行くんです。土曜のお昼にはここを出ると思うので、来てもらっても留守にしてますから」

どこか嬉しそうな顔つきで祥が言った。失礼ながら、友達なんていたのかと驚いた。

「祥は小さい頃にアメリカに越したんだろ？　なのに日本にも友達がいるんだ？」

「はい。インターネットで知り合った人です。赤松《あかまつ》くんといって趣味が似ていて、すごく気が合うんですよ」

相手は日本の大学生で、コミュニティサイトで二年前に知り合い、それからネット上で親しくしているらしかった。その赤松という大学生は去年の夏休みにロサンゼルスに遊びにやって来て、祥の自宅に二週間ほどホームステイしたという。祥の病気についてもある程度の知識があり、ヒカルの存在も知っているそうだ。瀬名がよく外泊など許可したものだと思ったが、そういう相手なら心配はないのかもしれない。

「明日は秋葉原《あきはばら》を案内してもらうんです。僕、日本のアニメや漫画が大好きなんですよ。夜は一緒にゲームもすることになってるし、楽しみだな」

祥は珍しくはしゃいだ様子で、明日のプランをいろいろと語ってくれた。正直なところ、上條にはまったく面白そうな予定には思えなかったが、嬉しそうな祥の顔を見るのは楽しかった。


翌日の土曜の夜、上條はまたもや瀬名のマンションにやってきた。

今頃、祥は赤松くんとやらと楽しい時間を過ごしているんだろうな、と思いつつエントランスに入ると、タイミングよくマンションの住人が自動ドアを開けて出てきた。住人のふりをして「どうも」とにこやかに挨拶して、入れ違いで中に入る。

瀬名の態度は相変わらず素っ気なく、距離を縮めたくても今ひとつ踏みこめない。強引に踏み込みたいのはやまやまだが、過去を思い出したくないという瀬名にとって、自分が会いに行くこと自体が苦痛になっているのかと思うと、どうしても二の足を踏んでしまうのだ。

それでも高校時代の瀬名を懐かしむ気持ちは強く、腹を割って話せば昔と同じとまではいかなくても、今より良好な関係を築けるのではないかという淡い期待を捨てきれずにいた。

だから今夜は瀬名とふたりきりで話がしたかった。刑事と祥の保護者としてではなく、あくまでもかつての先輩と後輩として向き合いたかった。

七階でエレベーターを降りて廊下を歩いていくと、瀬名の部屋から背の高い外国人が出てきた。客が来ていたらしい。

すれ違った外国人は白人で、映画俳優のようにハンサムだった。男前だが、ちょっと鼻がですぎるな、とイチャモン同然のケチをつけつつ、インターホンを押す。

三秒も待たずに、いきなりドアが開いた。目の前に現れた瀬名を見てドキッとした。眼鏡をかけていない。いや、それはいい。そうではなく、いつもきっちりした服装をしているのに、今夜に限ってバスローブ姿という無防備な格好だったのだ。

しかもベルトの結びがゆるく、前が大きくはだけている。かろうじて腰の辺りは隠れているが、男同士でも少々、目のやり場に困る露出の高い姿だった。

「……よ、よう。ちょっといいか」

瀬名は「失礼」と落ち着き払った態度で胸もとをかき合わせた。

「彼が忘れ物でもして、戻ってきたのかと勘違いしました。……祥ならいませんが？」

「知ってる。赤松くんちに泊まりに行ったんだろう？　今日はお前に会いに来たんだ」

答えながら、瀬名の言う『彼』とやらが気になった。さっきの外国人のことだろうが、一体どういう関係なのだろう。

「私に？　どういうご用件ですか」

「用件は特にない。ただ会いたいと思ったから来たんだ。迷惑か？」

「連絡もなしに、いきなり来られても迷惑ですよ。でも入ってください。こんな格好のまま玄関先で立ち話をしたら、風邪を引いてしまいます」

腕をさする瀬名は本気で寒そうだった。どんな理由からでも追い返されなかったのでよしとして、上條は玄関に入って靴を脱いだ。

リビングのソファに座ると、瀬名が「飲みますか？」とワインのボトルを掲げてみせた。素面《しらふ》より酒が入ったほうが話しやすいだろうと思い、頷いた。

乾杯もなく赤ワインを飲み始める。瀬名の髪が濡《ぬ》れていた。来客中にシャワーを浴びたのか、それともシャワーを浴び終わってからあの男が来たのか。どちらであっても上條には関係のないことなのに、そればかりが気になった。

「白人とすれ違った。お前の客だろう。誰なんだ」

瀬名はワイングラスを手で揺らし、「来日中の知人です」と短く答えた。

「日本に来ているから会いたいと言われまして」

「ふうん。どういう関係？」

「たまに寝るだけの相手です」

驚いたせいでワインが気管に入った。ゴホゴホと咽《む》せながら「なんだって？」と聞き返す。

「ですから、たまにベッドを共にする相手のひとりです。そんなに驚くようなことですか？」

「驚くさ。驚かないわけがないだろう」

上條が言い返すと、瀬名は気障《きざ》な外国人のように肩をすくめた。

「私がゲイだったことに驚いているんですか？　それともセフレがいたことに？」

「どっちもだ」

瀬名がどんどんわからなくなっていく。ストイックに見えるのに、実はゲイで複数のセフレまでいるのだ。

それはまあいい。法律に違反しない以上、他人の性癖をとやかく言うのは野暮《やぼ》なことだ。上條がよりショックだったのは、そういう事実を悪びれずに上條に言ってしまえる瀬名の心だった。どういう関係かと聞かれたら、普通は隠すなり誤魔化すなりするものだろう。それが人としての恥じらいであり、また当然の心理だと上條は思う。

「お前は変わったな」

いけないと知りつつも、非難めいた言葉が口をついて出る。すると瀬名は小馬鹿にするように鼻先で笑った。

「あなたが私の何を知っていたというんですか。私の一部の姿しか見ていなかったくせに、すべてを知っていたような顔をしないでください」

腹が立つより寂しい気持ちになってきた。そう言われてしまえば反論もできない。瀬名がクラスで孤立していたことも、複雑な家庭環境にあったことも、上條は何も知らなかったのだ。けれどそれでも、自分が知っていた瀬名もまた瀬名の本当の姿だったと信じている。上條をじっと見上げる真っ黒な瞳。何か言われるたび、コクンと頷く素直さ。時折見せる、はにかむような微笑み。あれらの姿は嘘ではなかったはずだ。

「確かに俺は、お前のすべてなんて知らなかった。でも俺が知ってる瀬名だってお前自身だろう？　過去の自分を否定するようなことばかり言うなよ。そんなの、寂しくなるじゃないか」

瀬名は苛立《いらだ》ったように、長い指で額に落ちた前髪をかき上げた。

「別に否定してませんよ。上條さんが、過去の私のほうがよかったと思っているのがわかるから、つい喧嘩腰《けんかごし》になってしまうんです」

「俺は別に今のお前が駄目だなんて思ってないぞ。ただ変わったと思ってるだけで」

かなり言い訳がましいと自覚しつつも、必死で反論した。

「よく言いますよ。深川南署で再会した時、ものすごくがっかりしてたじゃないですか。顔に落胆したとはっきり書いてました」

「いや、だから驚いただけだって。そりゃ、昔みたいな可愛さはなくなっていたけど、いい男になったと素直に感心したぞ。本当だ」

信じていないのか、瀬名はツンとした態度でワインを飲んだ。なんだかな、とぼやきたくなった。まるで別れた恋人のご機嫌でも取っているみたいだ。

「その。あれか。アメリカに行ってから、男を好きになったのか？」

何を聞いているんだ、俺は。そう思ったが、聞いてしまったものは取り消せない。

「いいえ。私が初めて男を好きになったのは、もっと昔です」

そう言って、瀬名はワインに濡れた唇を舐《な》めた。バスローブから覗く胸もとは白く、肌は艶《つや》めいている。駄目だ、見てはいけないと本能が警告してくる。

「初恋の相手は年上で、私にとって兄のような存在でした」

上條の前で瀬名が気怠《けだる》げに足を組み替える。バスローブの裾からちらりと覗いた内腿《うちもも》が、妙に色っぽくて許し難い気分になった。男のくせに、なんていやらしい足だ。

――そうだ。あれは男の足だ。つまらない男の足。

必死で言い聞かせて、妙な意識を消し去ろうとしていると、瀬名がなぜか立ち上がった。

「十五歳でした。高校一年の春、その人と出会いました」

見下ろしてくる意味ありげな視線。追いつめられている気がして、息がつまりそうになる。

まさか、まさかだよな、とその可能性を否定していたら、瀬名がいきなり隣に座った。それだけでも驚きなのに、しなだれかかるように、身体をぴったりと寄せてくる。

「お、おい。瀬名」

「教えてあげましょうか？　私の初恋の相手を。その人の名前は――」

「言うなっ。言わなくていいからっ」

咄嗟《とっさ》に瀬名の口を、手のひらで押さえていた。言わせたくない。聞きたくない。そんなこと、今さら知らされても困るのだ。本当に困る。

「いたっ」

指を噛まれた。容赦のない強さだった。見ると人差し指のつけ根に歯形がついている。

「か、噛んだな」

「噛みましたよ。本当に単純な人ですね。私の初恋が上條さんなわけないでしょう」

「え？　違うのか？」

本気で焦ったのに、どうやら瀬名にからかわれたらしい。

「初恋が十五歳の時っていうのは本当ですが、相手はあなたではありません。もっと素敵な人ですよ。私はゲイですが、あなたはまったく全然タイプじゃないので安心してください」

あまりにもきっぱりと言い切られ、カチンときた。タイプだと言われても困るが、だからといってそこまで全力で否定しなくてもいいじゃないか。思いやりがなさすぎる。

「ああ、そうですか。だったらお前の好きなタイプは、さっきの白人みたいな男か？」

「そんなこと、上條さんには関係がないでしょう」

瀬名は空になった自分のグラスにワインを注ぎながら、「言っておきますけど」と妙に尖《とが》った横顔を見せた。

「さっきの彼は私がつき合ってる男性の中では、一番、顔はよくありません」

あれで不細工と言われたら、俺なんかどうなるんだ、と言い返しそうになった。しかし問題はそこではないと思い直し、気持ちを落ち着かせた。

「ちゃんとした恋人はいないのか？」

「いませんね。束縛されたり干渉されるのが嫌いなので、ステディな関係は無理です」

迷いもせずそう答えた瀬名に、やるせない溜め息が出た。

「本気で惚《ほ》れてもいない男と寝たって、虚《むな》しいだけだろう」

「頭が固いですね。性欲を解消するためだけのセックスに、意味なんてないんですよ」

瀬名は上條に再び身体を寄せ、息がかかるほど顔を近づけてきた。

「気持ちよければそれでいいんです。身体が満たされれば、心も騙《だま》されて満足する。それでしばらくは楽に生きられる。上條さんは誰でもいいから、肌を合わせたいと思うことはないんですか？　ひとりでは眠れなくて、誰かの温かい身体を抱いて眠りたいと願うことは？」

まるでキスを誘うように、瀬名の形のいい鼻先が頬の辺りをくすぐってくる。

瀬名、いくらなんでも接近しすぎだ――。心の中ではそう抗議しているのに、なぜか魔法にかけられたように身動きが取れない。まるでヘビににらまれたカエルだ。

「私は時々、狂ったように誰かの温《ぬく》もりが欲しくなります。身体中にキスの雨を降らされ、情熱的なファックに酔いしれ、そのあとは泥のように正体をなくして眠りにつきたい。そんな欲望を抱えたまま、ひとりのベッドで震えながら眠るなんて、悲しすぎるじゃないですか……」

戯《たわむ》れるようにチュッとキスされた。そのこと自体に驚きはしなかったが、瀬名の伏せた瞼の美しさに見とれた。瞼がかすかに動くたび、長い睫毛《まつげ》が震える。繊細な生き物のようだ。

不意に瀬名が目を開けて上條を見つめた。瀬名の瞼を見ていたので、当然、間近で視線が絡み合う。不思議な引力に吸い寄せられ、目が離せない。ぶつかり合う視線を解けない。

両手を頬に添えられた。瀬名の指はひんやりとしている。そういえば、こいつの手はいつも冷たかったな、とどうでもいいことを思い出した。

『上條さん。起きてくださいよ』

そう言って、瀬名はよく上條の額や頬を叩いた。土日の練習などでお昼の休憩がある時は、上條は絶対と言っていいほど昼寝をしていた。真面目な瀬名は練習が始まる五分前には、必ず上條を起こしにきてくれた。冷たい手のひらがそっと触れてくる感触が好きで、目が覚めていても、わざと瀬名が来るまで寝たふりをしたこともあった。

こんな場面なのに、高校時代の瀬名と目の前にいる瀬名が段々と一致してくる。自分でもなぜこのタイミングなのかと可笑《おか》しくなったが、瀬名は瀬名だと自然に思えた。ここにいるのは特別な後輩だった、あの瀬名智秋だ。間違いない。

「瀬名、俺は――」

上條の言葉を遮るように、瀬名の唇が重なった。さっきの短いキスとは違い、瀬名は唇をゆっくりとしっかり押しつけてきた。

柔らかな唇の感触に目眩《めまい》がする。思わず目を閉じたら、まるでそれが始まりのサインのように、瀬名の唇が深く入り込んできた。

熱い舌先が上條の口腔を泳いでいる。捕まってはいけないと下顎《したあご》に舌を押しつけたが、無駄な抵抗でしかなかった。瀬名の舌はすぐに上條を捉《とら》え、なんなく餌食《えじき》になった。

甘く吸われ、柔らかく舐められる。こんなことは駄目だと思うのに、身体は意志を裏切って瀬名のキスを味わいたがっていた。それほど瀬名のキスは大胆で巧みだったのだ。

ワインの香りがする甘い吐息が、深く混じり合っていく。瀬名が角度を変えると歯がかすかに当たり、その生々しさに一気に現実が戻ってきた。男とキスして気持ち悪いと思わないどころか、気持ちいいと感じている自分が恐ろしくなり、上條は必死で顔を背けた。

「悪ふざけはやめろ」

瀬名は深追いしなかった。上條の頬を名残惜《なごり》しげにひと撫でして、「すみませんでした」と身体を離した。まったく悪かったとは思っていない言い方だ。

「上條さんは本気で愛している人としか、キスなんてしない人なんでしょうね。……でも少しは気持ちよかったでしょう？」

決めつけるなと思ったが、流されそうになったのは事実なので何も言えない。

「さっき、本気で惚れてもいない男とセックスしても虚しいだろうって仰《おっしゃ》いましたが、上條さんはどうなんです。ゲイでもないくせに男とのキスに感じて、虚しくないんですか？」

してやったりとばかりに微笑んでいる瀬名が、心底憎たらしかった。気分は年上の女に弄《もてあそ》ばれた童貞少年のようだった。


これといった進展がないまま、事件発生から十二日が過ぎた。

有益な目撃者情報も上がってこなければ、三沢亮太《りょうた》の交友関係に不審な点も見つけられず、このままでは長期戦になるという焦燥感が、捜査本部に広がりつつあった。

「今日の捜査会議、人が少なかったな」

上條は車に乗り込んでから運転席の滝田《たきた》に話しかけた。警視庁側はいつもと同じ顔ぶれだったが、深川南署の他部署から応援に駆り出されていた捜査員の人数は、明らかに減っていた。

事件の内容によって多少の差はあるが、捜査本部の規模が縮小されるのは、捜査開始からひとつの山場となる三週間が過ぎてからだ。この時期に人員を減らすのは珍しい。

基本的に合同捜査本部の捜査は、警視庁の人間と地元に詳しい所轄署の人間がペアになって行うものだが、所轄署の人数が減ったせいで、今日になって一部、組み合わせの変更があり、上條は同僚の滝田と組むことになった。

「なんかね、所轄も大変みたいですよ」

ハンドルを握る滝田が、含みのある口調で言った。その思わせぶりな言い方が気に食わなかったので、「はっきり言え」と頭を叩いた。滝田は頭をさすりながら、「叩かなくても言いますよ」と上條を恨めしそうに見た。

「若いチンピラが失踪したそうです。東誠会《とうせいかい》の組員だって話ですけど、自宅で血痕《けっこん》が発見されたり、携帯や財布が残されていたことから、深川南署はなんらかの事件に巻き込まれたと見て捜査しているようです」

「東誠会といったら梁川組《やながわぐみ》系か。結構でかい組織だよな。……けど、たかがチンピラひとりの失踪で、そこまで大騒ぎするか？」

滝田は重大な秘密を打ち明けるように、「そこなんですよ」と声をひそめた。ふたりきりの車内でひそひそ話もないだろう馬鹿野郎と思ったが、続きを聞きたいので突っ込みは我慢する。

「なんでもそのチンピラっていうのが、森崎大二郎《もりさきだいじろう》の息子だっていうんですよ。知ってるでしょ、森崎大二郎。あの森崎大二郎ですよ」

「お前は選挙カーのウグイス嬢か。何度も連呼するな。森崎なら俺だって知ってるよ。与党の大物代議士じゃねぇか」

あまりいい噂は聞かないが、やり手と言われている老齢の政治家だ。確か過去には党の幹事長を務めたこともあったと記憶している。

「その大物が愛人に生ませた子供が、失踪したチンピラなんですよ。森崎は深川南署に息子を早く捜しだせって、ものすごい勢いで噛みついてるって話です。噂ですけど森崎は警察上層部にも顔が利くらしいから、深川南署はサッチョウからもプレッシャーかけられてるって。しかし大物政治家の子供がヤクザって、なんだか世も末ですよね」

滝田がしたり顔で首を振る。所轄署の裏事情までよく知っているものだと呆れた。思わずお前は警察官を辞めて、芸能レポーターにでもなったほうが成功するんじゃないのか、とアドバイスしそうになったが、むくれると面倒なので言わないでおいた。

「ところで今から会いに行く奴。山沖《やまおき》っていったか。お前、何度か会ってるんだろう。どんな男だ？」

山沖は三沢と一番仲がよかったと思われる中学時代の同級生だ。職業は自動車の整備工だが、今日は休みなので自宅にいるらしい。

滝田はすでに何度か会って話を聞いているのだが、怨恨《えんこん》に焦点を絞るという捜査方針が打ち出されたため、三沢の交友関係の洗い直しを始めることになったのだ。

「遊び人だった三沢とは正反対のタイプですね。見た目は今時の若者って感じですけど、仕事は真面目にやってるみたいだし、好感が持てる青年ですよ。ただ三沢とは一か月以上、会わないこともよくあったそうなので、三沢の私生活に特別詳しいってわけでもないかな」

それから十分ほどで山沖の自宅に到着した。山沖は両親と一緒に暮らしており、住居は平凡な住宅街の中にある、これまた平凡な一戸建てだった。

玄関のチャイムを押すと、スウェットの上下を着た青年がドアを開けて出てきた。

「何度もすまないね。休みの日に悪いけど、もう一度、話を聞かせてもらえないかな？」

滝田が話しかけると、山沖は「いいですよ」と頷いた。

「立ち話もなんだし、中に入ってください。親は仕事でいないから」

和室の居間に案内されて座布団の上に腰を下ろすと、上條は自分の名前を告げて挨拶し、あらためて三沢の交友関係について質問させてほしいと切り出した。

「三沢さんが最近、何かトラブルに巻き込まれていたとか、誰かと喧嘩したとか、そういう話は聞いたことはないかな？　どんな些細《ささい》なことでもいいんだ」

「前にも滝田さんに話したけど、特に思い当たることはないです。……刑事さん。亮太は遊び人でいい加減なところもあるから、嫌ってる奴は多分いると思います。でも殺したいと思うほど恨まれる奴じゃない。そこまで悪人じゃないですよ」

感情的に庇《かば》っているというより、事実を訴えていると感じられる冷静な態度だった。

「まだ怨恨だと決まったわけじゃないんだ。ただああいう手口だし、通り魔的犯行だとも考えにくい。犯人は三沢さんとなんらかの関係があった人間だと考えるのが自然だろう？」

「そうかもしれませんけど……」

山沖は浮かない顔つきだったが、上條の質問にはすべて答えてくれた。犯人を早く捕まえてほしいという気持ちは感じ取れたものの、残念ながら新しい事実は発見できなかった。

三十分ほどで質問を終え、上條と滝田は礼を言って立ち上がった。さほど期待はしていなかったが、収穫ゼロだと少々、気が滅入る。

玄関で靴を履いていると、山沖が「あの」と遠慮がちな声を出した。

「なんだ？　何か思い出したのか？」

「あ、いえ。そうじゃないんですけど。……俺の知り合いで行方《ゆくえ》不明になってる奴がいるんです。鈴村《すずむら》っていいます。つき合いは全然ないんですけど、亮太のこともあるから、なんだか気になって」

身近な人間が立て続けに失踪すれば、不安にもなるだろう。話を聞いてやれば山沖の気持ちも少しは楽になると思い、上條は「いつから行方がわからないんだ?」と詳細を尋ねた。

「十日ほど前からだって聞きました。噂で聞いただけなんですけど、誰かに拉致されたんじゃないかって」

「目撃者がいるのか?」

「それはわかりません。でも部屋に血が落ちてたそうです。鈴村はヤクザの下っ端みたいなことやってたから、もしかしたらそっち関係のトラブルに巻き込まれたのかな」

思わず滝田と見つめ合ってしまった。それはもしかしなくても、車中で話題に挙がった森崎大二郎の息子のことではないのか。

「亮太があんな姿で見つかってすぐに、今度は鈴村でしょ?　関係ないとわかっていても、同級生たちがみんな心配して――」

「ちょっと待てっ。同級生って誰と誰が?」

上條の剣幕に驚いたのか、山沖は少し怯《おび》えたような様子を見せた。

「誰と誰って……。俺も亮太も鈴村もみんな同級生ですけど。同じ中学でしたから」

三沢と鈴村は親しかったのかと尋ねると、山沖は「それほどでも」と首を振った。

「同級生だから会えば話くらいはしますけど、個人的に親しいとかはなかったと思います」

山沖の家を出て車に戻る途中、滝田が「ものすごい偶然ですね」と感心したが、上條は三沢と鈴村のふたつの事件には、なんらかの関連があるとしか思えなかった。

しかし証拠があるわけではない。わかっているのはふたりが中学の同級生だったという、些細な事実だけだ。

滝田の言うように、ただの偶然ならいい。上條は願うように、そう思った。


署に戻ってきて昼食の弁当を食べていたら、瀬名から電話がかかってきた。

上條は携帯の着信表示を見ながら、電話に出るべきかどうか迷った。一昨日のキスの記憶はまだ生々しい。しかし瀬名のほうから電話をかけてくるのは初めてだ。大事な用件があるのかもしれないと考え、通話ボタンを押した。

「瀬名です。お仕事中にすみません。祥が事件のことで、上條さんと話がしたいと言ってます。今から深川南署に連れていっても構わないでしょうか?」

「今から？　別にいいけど、夜になったら俺がそっちに行けるぞ」

「私もそう言ったんですけど、祥は待ちきれないようです。我儘《わがまま》を言ってすみませんが、会ってやっていただけませんか？」

何をそんなに慌てているのだろうと思いながら、署で待っていると告げると、瀬名は三十分ほどでそちらに着くと思いますと言って電話を切った。

瀬名に会うのは気が重かった。どんな顔をして会えばいいのかわからない。あの一件のせいで瀬名のことがますます理解できなくなった。上條をやり込めるためとはいえ、あんなディープなキスをしてくるなんて、悪ふざけにもほどがある。

しかし男にキスされて、すぐに逃げなかった自分もどうかしている。普通なら男が顔を接近させてくれば、それだけで慌てて飛び退《の》くはずなのに、キスされてもまったく動けなかった。

もしかして俺は意外と男もいけるのか？　そんな疑念が湧《わ》いてきて、隣で弁当をかき込んでいる滝田の横顔を眺めた。滝田もそれほど顔は悪くない。まあ、そこそこ美男子の部類には入るだろう。

あの唇が近づいてきたら……と想像してみたら、途端に気持ちが悪くなった。無理だ。息がかかる距離に顔があるだけで、いい気はしない。

瀬名が特別なのだ。男のくせに妙な色気がありすぎる。そして本人もその色気を十分に自覚していて、どう振る舞えば相手にアピールできるかわかっている。

瀬名の罠《わな》にはまった。そう思うことにして、あの夜のことは忘れると決めた。

約束通り、三十分ほどで瀬名と祥がやってきた。上條は刑事課の応接室を借りて、ふたりをソファに座らせた。

「で、話ってなんだ?」

上條が切り出すと、祥は「思い出したんです」と言った。

「あの事件の時のこと、少しだけですけど。……今日、病院の帰り道に、あの夜と同じコースを歩いてみたんです。何か思いだせないだろうかと思って」

瀬名の顔をチラッと見た。瀬名は上條の視線を受け止めたが、特に表情は変えなかった。

祥はなんでもないことのように言うが、普通は死体を発見した場所など、二度と通りたくはないものだ。たとえ記憶はなくても、自分がそこで意識を失ったことは覚えているはずなのに、平気でそういう行動を取れる無頓着さに、上條はなんとも言えない違和感を覚えた。

「公園の前に差しかかった時、急に思い出したんです。あの夜、公園の中に車が止まってました。白いワゴン車でした。もしかしたら犯人の車じゃないでしょうか」

事実なら大発見だ。犯人が死体を運ぶのに利用した可能性が高い。

「車種はわかるか?」

「ごめんなさい。そこまでは……」

消沈する祥に「いいんだ。十分だよ」と笑いかけた。一刻も早く上條に教えたいと思って、わざわざ自分から来てくれたのだ。その気持ちが嬉しい。

「また何か思い出したら、いつでも連絡をくれ。けど、無理はしなくていいぞ」

上條が頭を軽く撫でると、祥はホッとしたような笑みを浮かべて「はい」と頷いた。

ふたりを見送るため上條も廊下に出た。しばらく行くと少し先のドアが開き、目を引くふたり連れが出てきた。

ひとりは長身の男で、見るからに高価そうな濃紺のスーツを着ていた。おそろしく似合っているので、たくましい体躯《たいく》がよりいっそう立派に見える。一見するとやり手のビジネスマンに見えないこともないが、ただ者ではないオーラが漂っている。上條は筋者だと直感した。

「あのさー。あんな下っ端ひとりが消えたくらいで、わざわざ新藤《しんどう》さんを呼びださないでほしいんだけど。すげぇ迷惑」

男の隣にいた青年が、ぞんざいな口調で所轄署の刑事に文句を言った。こちらはスラッとした細身の男で、黒革のパンツと派手な刺繍《ししゅう》の入ったスカジャンを着ている。

年の頃は二十二、三といったところだろうか。額の真ん中で分けた前髪は長く、耳まで覆っている。身長は百七十センチほどだが、顔が小さくて足が長い。抜群のスタイルだ。顔立ちも男にしてはきれいだが、身体中から発散される攻撃的な雰囲気のせいで台無しの感がある。

「よさないか」

スーツの男が低い声でたしなめたが、青年は耳を貸さなかった。

「こっちだって、あいつのことは必死で捜してるんだからさ、あんたらももっと真剣に頑張ってよ。でなきゃ、税金泥棒ーって叫んじゃうから」

「もう行くぞ。……では、引き続き捜索をお願いいたします」

男は刑事に向かって頭を下げた。男と青年がこちらに向かって歩いてくる。青年の顔を真正面から見て、上條はあれ、と首を捻《ひね》った。見た覚えのある顔だったのだ。

誰だったか必死で思いだそうとしていると、青年と目が合った。向こうも見覚えがあると思ったのか、眉間《みけん》にシワを寄せて上條を凝視してくる。

上條と青年は同時に「あ」と声を上げ、お互いを指差し合った。

「上條さんじゃないの！　なにうそすげー偶然っ。あんた、今ここにいんの？」

葉鳥《はとり》忍《しのぶ》は気安い態度で上條の腕をバシバシと叩いた。結構、痛かった。明らかにわざと力を込めている。上條が渋谷《しぶや》署の少年課にいた頃、よく補導したので、もしかしたらいまだに根に持たれているのかもしれない。

当時の葉鳥は十七歳くらいだったと記憶しているが、手のつけられない悪ガキだった。実際に補導される原因となったのは、夜遊びだの酒だの煙草《たばこ》だの他愛のない非行だったが、裏では大人顔負けというか、ヤクザもたじたじの悪事に手を染めているという噂もよく耳にした。

当然だが、あの頃より大人の顔つきになった。そして悪い意味での存在感が増している。

「いや、警視庁の本部にいる。ここには捜査のために来ているだけだ」

「へえ。……あ、もしかしてあれ？　夢《ゆめ》の島《しま》で見つかった餓死死体の事件で？」

相変わらず勘がいいというか、鋭いというか。葉鳥は昔からそうだった。チャラチャラした外見からは想像もつかないほど、目端《めはし》が利きすぎる。こいつは成功して大物になるか、大人になる前に早死にするかのどちらかだと思ったものだ。

「上條さん。私たちはお先に失礼します」

立ち話につき合っていられないと思ったのか、瀬名が祥を連れてその場を離れようとした。

だが次の瞬間、思いがけないことが起こった。

葉鳥の連れの男が、いきなり瀬名の腕を摑んだのだ。

「智秋……？」

男が瀬名の名前を呟いた。よく通る魅力的な低音だ。相手が誰か気づいたのか、瀬名は驚愕の表情で男を見つめ返していた。明らかに言葉を失っている。

「瀬名、知り合いなのか？」

声をかけたが、瀬名は上條の言葉に反応しなかった。男だけに目が釘付《くぎづ》けになっている。

「日本に戻っていたんだな。元気でやってるか?」

男が腕を放して尋ねると、瀬名はようやく小さく頷いた。

「親父《おやじ》の具合がよくない。お前さえよければ、いつでもいいから見舞ってやってほしい」

瀬名はその言葉に対しては返事をしなかった。男は気にした様子もなく、瀬名の脇《わき》を通り抜けて立ち去った。

「あ、待ってよ、新藤さん」

男のあとを追う葉鳥は、すれ違いざまに瀬名の全身を舐めまわすように見た。視線で相手を侮辱するような露骨な態度だ。葉鳥は瀬名を追い越すと「上條さん、まったねー」と腕を振り、廊下の角を曲がって消えた。

「智秋。今の人は誰?」

祥が尋ねると、瀬名は「従兄弟《いとこ》だ」と短く答えた。

「そう。すごく格好いい人だね」

無邪気な感想を口にする祥に、瀬名は力ない笑みを向けるだけだった。

上條はふたりが帰ってからさっき見かけた所轄署の刑事を捜し、あの男は誰なのか尋ねた。

「あれは東誠会会長の息子で、若頭《わかがしら》の新藤隆征《たかゆき》って人物ですよ」

「東誠会？　ってことは、もしかして失踪した鈴村って男の件で来ていたんですか？」

よくご存じですね、とマル暴の刑事は苦笑を浮かべた。

「東誠会が鈴村克哉《かつや》の失踪に関与している可能性も、なきにしもあらずですからね」

つまり、関係者として参考聴取されただけらしい。

東誠会会長の息子が瀬名の従兄弟――。つまり瀬名が高校時代に世話になっていた暴力団組長というのが、東誠会会長ということになる。

思わぬところで意外な繋がりが判明して、頭が混乱しそうだ。何がどこまで事件と関係しているのか、それともまったく無関係なのか、今の段階では何もわからない。

事件のことを考えようとしても、先ほどの瀬名の青ざめた顔ばかりが思いだされて仕方がなかった。あのふたりは一時期、ひとつ屋根の下で暮らしていた可能性は高い。しかし瀬名の態度はあまりにも不自然でよそよそしく、どう見ても再会を喜んでいるようには見えなかった。

高校時代に新藤との間で何かあったのだろうか。ふと、そんな懸念が湧いた。

5

黒塗りのベンツの後部シートに新藤隆征《しんどうたかゆき》と葉鳥《はとり》忍《しのぶ》が収まると、サングラスをかけたスキンヘッドの黒崎《くろさき》はドアを閉め、自分は助手席に乗り込んだ。アメフト選手のような立派な体格をしているが、外見に似合わず動きは俊敏だ。

ハンドルを握る河野《かわの》に「どちらへ？」と聞かれた新藤は、「一度、家に寄ってから本宅に行く」と答え、背広の内ポケットからシガレットケースを取り出した。

唇に挟まれる寸前のマールボロを奪い、葉鳥は首を曲げて新藤の顔を覗《のぞ》き込んだ。

「さっきの男前は誰かな？　随分と意味深な再会シーンに見えたけど」

新藤は葉鳥の棘《とげ》のある視線を平然と受け流し、「従兄弟《いとこ》だ」と答えて煙草《たばこ》を奪い返した。ライターで火をつける新藤の横顔を見つめ、葉鳥は「従兄弟？」と聞き返した。

「それってもしかして、昔、本宅に住んでたっていう、あの？」

「ああ。名前は瀬名智秋《せなちあき》。親父の弟の息子だ。会うのはお袋の葬式以来だから、十年ぶりだ」

新藤が大学生だった頃、本宅に引き取られた従兄弟の高校生がいたという話は、葉鳥も耳にしたことがあった。新藤の父親は両親を失った不憫《ふびん》な甥《おい》を、たいそう可愛がっていたらしい。アメリカの大学に留学して、そのまま向こうで暮らしていると聞いていた。

「なんで苗字が違うわけ。新藤さんの叔父さん、婿養子だったの？」

すかさず尋ねると新藤は黙り込んだ。

「あれ。もしかして聞いちゃいけないことだった？」

「そういうわけじゃない。俺もよく知らないから、どう答えていいのか迷っただけだ。叔父と智秋の母親は籍を入れていなかったらしい。それで智秋は母親の苗字なんだ」

葉鳥が「ふうん」と頷くと、新藤は話はもう終わりだと宣言するように、鞄《かばん》から書類を出して目を通し始めた。

さっきの光景を思い出しながら、葉鳥はただの従兄弟じゃねぇだろ、と胸の中で毒づいた。新藤とはもう五年のつき合いになるが、あれほどはっきりと動揺している姿は初めて見た。相手の男、瀬名も死んだ人間と会ったかのように愕然《がくぜん》としていた。ワケありなのは一目瞭然だ。

しばらくして車は広尾《ひろお》にある新藤の自宅マンションに到着した。セキュリティの厳重なマンションなので、住民以外の車両は地下駐車場に侵入できないし、エレベーターも玄関の鍵《かぎ》をセンサーにかざさなければ動かない。

それでも黒崎は細心の注意を怠らず、サングラスを外して車を降りると周囲に何度も視線を走らせ、問題なしと判断してから後部シートのドアを開けた。東誠会《とうせいかい》は現在、他の組織と大きな揉《も》め事《ごと》は起こしていないが、恨みを買いやすい仕事柄、どれだけ用心してもしすぎということはない。

このマンションは表向きは一般人がオーナーだが、実際は新藤の所有する物件だ。最上階はすべて新藤のもので、黒崎や河野といった近しい舎弟《しゃてい》はそれぞれ同じ階に部屋を与えられている。愛人の葉鳥は新藤と同居しているため、独立した部屋は持っていない。

新藤の部屋に入ると、ハウスキーパー兼ベビーシッターの中津瑤子《なかつようこ》が出てきた。

「瑤子さん。葉奈《はな》の機嫌、もう直った？」

葉鳥が聞くと、瑤子は「ええ、すっかり」とにこやかに頷いた。

「さっきまでパパが帰ってきたら、上手に描けた絵を見せるんだって張り切ってましたよ。今はお昼寝しちゃってますけど」

瑤子は新藤の古株の舎弟、中津哲生《てつお》の妻で、保育士の資格を持つ二十九歳の女性だ。新藤のひとり娘の葉奈の面倒を見るため、毎日この部屋に通っている。

「新藤さん、今日はもうお帰りですか？」

「いや。これからすぐ本宅に行く。葉奈の顔を見に戻っただけだ」

警察の呼び出しがなければ、今日は夕方まで家にいる予定だった。葉奈にもそう言っていたのだが急に外出することになり、すっかりヘソを曲げてしまったのだ。

子供部屋に入ると、ベッドの上に天使が眠っていた。子供嫌いの葉鳥でもそう思うほど、葉奈は愛らしい顔立ちをしている。パーマをかけているわけでもないのに、毛先がクルクルと巻いていて外国人の子供のようだ。

新藤は愛娘のあどけない寝顔をしばらく見下ろしてから、めくれた布団を優しい手つきで直した。葉奈と一緒にいる時の新藤は、よき父親だ。冷徹な極道の威圧感はすっかり影を潜め、どこにでもいる普通の男の顔になる。生温い男にはまったくそそられない葉鳥だが、新藤の父親の顔だけは悪くないと思っている。

三歳になる葉奈は、亡くなった母親の美津香《みづか》とはあまり似ていない。美津香は勝ち気な性格がそのまま顔に出ているような、見るからに気のきつそうな美人だった。

新藤と美津香は共に大物の極道を親に持ち、組織同士の結びつきを密にするため、政略結婚のような形で一緒になった。自由奔放な性格だった美津香は、大人しく家庭に収まるような女ではなく、結婚後も取り巻きを引きつれ、夜な夜な街に繰り出すのが好きだった。

別居同然の新藤とは夫婦仲そのものは悪くなかったが、自由を愛するあまり、妻という役割には激しい嫌悪を持っているようだった。

とにかく気性が激しく、やることなすことめちゃくちゃな女だった。男ならきっと伝説の極道になっていただろう。新藤相手でも一歩も引かず、さらには愛人の葉鳥のことも気ままに振り回した。新藤の愛人が若い男という事実を、美津香は単純に面白がっていた。

それだけでも普通の神経ではないが、生まれたばかりの葉奈を抱いて、「あんたとお揃いの名前にしてあげたわよ」と告げられた時には、さすがの葉鳥も目眩《めまい》がした。その件に関しては、反対しなかった新藤も新藤だと思う。

美津香は周囲を好きなだけ振り回し、最後は交通事故で呆気《あっけ》なく死んだ。事故の原因はスピードの出し過ぎで、愛車のポルシェは大破し、運転していた美津香は即死だった。まだ二十八歳という若さだったが、華々しく散った最期は、ある意味、美津香に相応《ふさわ》しいものだった。

美津香が育児放棄に近い生活を送っていたため、葉奈は美津香の母方の祖母が面倒を見ていた。新藤は自分の娘でありながら、葉奈とは数えるほどしか会っていなかったが、美津香亡きあとは自分が引き取ることを決め、このマンションに迎えたのだ。

しかし、まだ一歳の子供を男手ひとりで育てるのは無理がある。信頼のおけるベビーシッターを探していたところ、舎弟の中津の妻である瑤子が、よければ自分に葉奈の面倒を見させてほしいと言ってきた。

瑤子は子供が望めない身体だった。それでも子供が大好きなので、できれば保育や育児に携わる働き口を探していたが、夫が極道だからそういう仕事は難しいと諦《あきら》めかけていたらしい。

幸い葉奈は人見知りしない子だったので、すぐ瑤子に懐き、昼間はなんの心配もなくなった。新藤が不在の夜は、葉鳥や舎弟たちが面倒を見た。葉奈は基本的に手のかからない子供だから、愚図《ぐず》られて困り果てるという事態は滅多になく助かっている。

「忍。お前はどうする。一緒に本宅に行くか？」

新藤に問われた葉鳥は、「行くわけないだろ」と即答した。本宅とは新藤の実家のことだ。新藤の舎弟たちは葉鳥の存在を認めているが、本宅の人間はそうではない。大事な跡取り息子にへばりついている、薄汚い男娼《だんしょう》だと思って蔑《さげす》んでいる。

男娼結構、愛人上等。そう達観しているので、軽蔑《けいべつ》されようが侮蔑《ぶべつ》の言葉を投げつけられようが、今さら傷ついたりしないが、自分から嫌な思いをしにいくほど馬鹿ではない。

「俺は鈴村の件でいろいろ調べたいから、勝手にやってるよ。警察に痛くもない腹を探られるの、むかつくんだよね。鈴村は俺が絶対に捜し出すからさ」

言葉尻《じり》は軽いが葉鳥の本気を感じ取ったのだろう。新藤は「無理はするな」と釘《くぎ》を刺した。

「なんで。無理させてよ。このところたいした仕事もしてないから、退屈で死にそうなんだ」

薄ら笑いを浮かべて言い返すと、新藤は何か言いたげな目で葉鳥を見つめた。

「何？」

「退屈な人生はそんなに嫌いか」

どういう意味か尋ねようとしたら、いきなり抱き寄せられた。死ぬほどびっくりした。眠っているとはいえ、葉奈がすぐそこにいるのだ。

普段、葉奈のいる場所で新藤が不用意な振る舞いをすることは絶対にない。それに新藤が葉鳥に触れてくるのは、セックスをする時だけだ。ふたりの間に意味のないスキンシップは存在しない。

らしくない行動に面食らっていると、新藤は葉鳥を抱き締める腕にさらに力を込めた。

「……新藤さん、苦しいよ。どうしたの？　なんか変だよ」

「別に変じゃないだろ。自分の恋人を抱き締めて何が悪い？」

やはり変だ。そういうことを言うこと自体が、もう新藤らしくない。理由を探す前に、自然と瀬名の顔が浮かんできた。

憎らしいほどきれいな男だった。品があって頭がよさそうで、ひとことで言うなら上等な部類に入る人間。自分とはまったく違う。

もしかして、あの男のせいなのか。久しぶりの再会が新藤をおかしくさせているのか。

勝手にそう決めつけたら、はらわたが煮えくり返りそうになった。

「そういう歯の浮くようなセリフはさ、飲み屋のねえちゃんにでも言いなよ。俺はあんたの口から甘ったるい言葉なんて聞きたくもねぇし」

新藤の胸を乱暴に押しやって、自分から抱擁を解いた。

「お前はいつもクールだな。ベッドの中だとあんなに情熱的なのに」

「当然でしょ。やりたい盛りの二十三歳を舐《な》めんなよ」

ふざけた態度の葉鳥に諦めの吐息を落とし、新藤は部屋を出ていった。

新藤には心底、惚れている。どれくらいかと聞かれたら、命を差し出しても惜しくないほどだと答えるだろう。実際、新藤のために働いていて、何度か死にかけたこともある。

それほど惚れているのに、新藤に恋人扱いされるのは嫌いだった。葉奈を甘やかす新藤を見るのは好きだが、自分に対して優しい態度を取られると、やめてくれと叫びそうになる。理屈ではない本能的な拒否反応だ。

ベタベタした関係が嫌いなのは昔からだが、新藤に対しては少し違う。変に甘やかされると勘違いしそうになり、それがたまらなく嫌なのだ。自分の弱さと意地汚さを自覚して辟易《へきえき》する。

愛人といえば聞こえはいいが、実際はそんな甘ったるい関係とは違い、葉鳥は押しかけ女房ならぬ、押しかけ愛人にすぎないのだ。五年たってもその事実に変わりはないと思っている。

――人間、身の程を知るって大事なんだよね。勘違いしたら、あとが大変だ。

葉奈の安らかな寝顔を見下ろし、葉鳥は「ねえ、葉奈」と囁《ささや》いた。

東誠会は新藤の祖父が立ち上げた組織で、その息子の新藤義延《よしのぶ》が二代目を継ぎ、孫の新藤が三代目会長になるだろうと周囲は見ている。

世襲で駄目になるのは政治だけではなく、極道の世界とて同じことだ。子分より実子を重んじれば、組織の結束力はどうしたって弱まっていく。しかし東誠会は幸いなことに、一代目も二代目も、そしていずれは三代目を継ぐだろう新藤も、人並み外れた統率力があり、逆に世襲を重ねることで、トップのカリスマ性が増していると言っても決して過言ではなかった。

だが現時点で新藤が三代目を継ぐことに、まったく障害がないわけではない。次期会長候補として、新藤以外の人間の名前が挙がっているのも歴然とした事実で、会長が体調を崩してからは、跡目相続の問題を懸念する声は日に日に大きくなっていた。

しかしそれよりも今、新藤を悩ませているのは鈴村克哉の失踪だった。鈴村の父親の森崎大二郎《もりさきだいじろう》は、東誠会の上部団体である梁川組《やながわぐみ》と裏で繋《つな》がりがあるため、梁川組から全力で捜索しろとの命令が出ている。

さらに運が悪いことに鈴村は、新藤が管理を任されている西新橋《にししんばし》の組事務所に所属する構成員だった。当然、新藤に対する東誠会本部からの風当たりは強く、早く見つけ出せとうるさいほどせっつかれている。おまけに警察からも、鈴村の失踪の原因が組織内部にあるのではと疑われ、呼び出しを受ける始末だった。

鈴村自身はつまらないチンピラで、葉鳥にすればどこかで野垂れ死んでいようがいっこうに構わないのだが、このことで新藤の立場が悪くなるような事態は何がなんでも避けたかった。生きたまま連れ戻さなければ、新藤の面子《めんつ》が丸つぶれだ。

実をいうと、鈴村と最後に会ったのは葉鳥だ。責任を感じるというほどではないが、タイミング的なものを考えると、なんとなく嫌な気分にはなる。

鈴村が東誠会の構成員になったのは、確か去年の秋あたりだった。親があまりにも大物すぎるので、新藤も鈴村の扱いに困っていたのだろう。時々でいいから様子を見てくれと頼まれていた葉鳥は、鈴村を何度か飲みに連れ出したことがある。

飲みながら森崎との親子関係についてそれとなく探りを入れると、森崎とは滅多に会うことはないらしく、肉親の愛情は希薄のようだった。逆に父親面《づら》されるのを極端に嫌がっていて、そういった反発が非行に走らせ、挙げ句の果てには暴力団に身を投じるまでに至ったのではないかと、葉鳥は推測した。

十日前、鈴村の様子を確認するために西新橋の組事務所に電話をかけたら、風邪を理由に数日前から姿を見せてないと教えられた。ヤクザの下っ端は辛《つら》いことのほうが多い。嫌気が差してやめたくなったのなら、面倒ごとが減ってこっちも助かると思い、江東《こうとう》区東陽《とうよう》町にある鈴村の自宅を尋ねた。

鈴村は古びた二階建てのアパートにひとりで住んでいた。やめたいなら相談に乗るぞ、と言いたくて来たのに、鈴村は本当に風邪を引いて寝込んでいただけだった。熱のピークは過ぎたようで、明日からちゃんと事務所に顔を出しますと言われ、がっかりしたものだ。

部屋に上がってテレビを見ながら、少しの間、雑談をした。ニュースで例の餓死死体の遺棄事件の続報が流れたが、鈴村は二日間、ずっと寝込んでいたので、事件のことはまったく知らなかったらしい。近隣で起きた事件のニュースを、興味深そうに眺めていた。

その翌日、合い鍵を持っている恋人が部屋を訪ねてみると、玄関のドアには鍵がかかっておらず、そのうえ床にはわずかながら血痕《けっこん》が落ちていた。鈴村の姿はどこにも見当たらず、部屋に財布と携帯が残されていたため、恋人は怖くなってすぐ警察に電話をかけたという。

葉鳥が見た限り、鈴村に変わった様子はなかった。深刻なトラブルを抱えていたり、身の危険を感じている人間なら、平気そうに振る舞っていても不安や恐怖は必ずどこかに現れる。あの日の鈴村からは、そういった逼迫《ひっぱく》感はいっさい感じられなかった。

葉鳥は当初、鈴村をさらったのは、森崎に敵意を持つ勢力の仕業ではないだろうかと、勝手な予想を立てていた。森崎には政敵が多い。それに暴力団との長年の癒着も、トラブルを生む種になって然《しか》りだ。

しかし十日が過ぎても、森崎はいまだに警察と梁川組にプレッシャーをかけている。誘拐なら真っ先に、森崎のところに犯人からの連絡が入るはずだから、葉鳥の読みは完全に外れた。

新藤を見送ったあと、葉鳥はヤマハのドラッグスター・クラシック一一〇〇に跨《また》がり、広尾のマンションを出た。

西新橋の組事務所は一階部分が駐車場になっている。空いたスペースにバイクを停《と》めてヘルメットを脱いでいると、髪を金髪に染めた青年に「おい」と呼び止められた。

白い歯が見えるほど笑って「はい？」と振り返った葉鳥に対し、青年は「うちの事務所になんの用だ？　ああ？　間違ったじゃ済まねぇぞ」と凄《すご》んできた。見たことがない顔なので、新入りだろう。

「やだなー。そんな怖い顔しないでよ。ゴリラみたいで笑えるから」

「なっ、なんだとっ？」

青年は顔を真っ赤にして摑みかかってきた。葉鳥は手にしていたヘルメットを青年の顔にぶつけ、バイクに跨ったまま、股間《こかん》を思いきりけっ飛ばした。ごついライダーブーツで蹴《け》られたものだから、青年は苦悶《くもん》の声を上げて倒れ込んだ。

「忍さん……っ？　何やってんですかっ」

　事務所の入り口から、鰐淵《わにぶち》という古株の男が大慌てで出てきた。

「何って、しつけ。だってこの坊や、お客さんに対する態度がなってないんだもん。ワニちゃん、新入りはちゃんと教育しておいてよね。変な子が増えると、新藤さんが困るでしょ？」

「あ、いや、これは申し訳ありません。きちんと言い聞かせておきます」

　鰐淵は親子ほど年が離れた葉鳥に何度も頭を下げ、股間を押さえている青年の頭を叩いた。

「馬鹿野郎。この人は頭の身内だ。たまにうちの事務所に寄ってくださるから、ちゃんと顔を覚えておけ」

　青年は顔色を変えて立ち上がり、「申し訳ありませんでしたっ」と葉鳥に頭を下げた。

「葉鳥忍でーす。よろしくね」

　葉鳥は青年の腕にヘルメットを押しつけ、鰐淵と事務所に入った。いつもは若い衆がたむろって雑然としている事務所なのに、今日はひとけもなく静まり返っている。鈴村の件で情報を集めるために出払っているのだろう。

「若い奴ら、そろそろ帰ってくると思います」

　夕方からはそれぞれシノギもある。生活がかかっているので、鈴村の捜索ばかりをさせるわけにもいかなかった。

お茶を啜《すす》りながら鰐淵と話をしていると、次々に若い衆が帰ってきた。鰐淵と一緒に報告を聞いたが、やはり鈴村がトラブルを抱えていたという話はないという。もちろん行方もわからずじまいだ。

葉鳥は済まなさそうにしている若い衆をねぎらい、二十万円が入った封筒を鰐淵に手渡した。

「新藤さんからだ。みんなに酒でも飲ませてやってくれ」

実際は葉鳥のポケットマネーからの出費だったが、新藤からだと言ったほうが聞こえがいい。ここはあくまでも東誠会の組事務所のひとつだが、新藤派の人間ばかりが集まっているので、一部では新藤組の組事務所などとも呼ばれている。

皆、新藤を慕っているので、これくらいの面倒ごとで不満を持ったりしないだろうが、念のためのフォローを忘れないのは、葉鳥の用心深い性格ゆえだった。人の心を掌握し続けるためには、こまめな気配りは欠かせない。恩は身を助ける、ないし恩は売れるだけ売っておけ、は葉鳥の処世訓でもある。

駐車場に向かうと、全員がぞろぞろと見送りについてきた。金魚の糞《ふん》みたいで鬱陶《うっとう》しいが、こういう連中だから仕方がない。

「忍さん。腕の怪我《けが》、もう大丈夫なんですか?」

バイクに跨った葉鳥に、井元《いもと》という眉毛のない男が尋ねてきた。

「ああ、もう全然平気。俺って不死身だからさ」

ニッと笑ってライダーズジャケットの腕をブンブン振ると、井元は「またそういうことを言う」と苦笑を浮かべた。

二週間ほど前、井元と一緒にある男たちを襲った。新藤にとって邪魔な存在だったので、少し脅してやろうと思い、元ボクサーの井元に手伝いを頼んだのだ。井元は若いが度胸がある。それでいて慎重な性格なので、やばい仕事にはもってこいの人材だった。

成果は上々だったが、少しばかり張り切りすぎて左手を負傷した。ヒビが入っていたが、たいした怪我ではなかったのでテーピングだけで直した。まだ痛みはあるが気にならない。というか、どこかしら痛むくらいのほうが充実感があっていい。どんな充実感だと聞かれても困るが、強いて言うなら「俺って今、生きてるよな」という実感だ。

「あんまり無茶しないでくださいよ」

「やだね。たまには無茶しないと、身体がなまっちまうだろ。刺激のない人生なんてクソだ」

言い放つと、井元は「わかってましたけど、忍さんはそういう人ですよね……」と呆れ顔で首を振った。葉鳥は「やんちゃ坊主でごめんね」と可愛《かわい》らしく笑いかけた。

「それはそうと、夢《ゆめ》の島《しま》で餓死死体が見つかった事件、知ってますよね」

「ああ。それがどうした？」

葉鳥がエンジンをかけると、新入りの金髪がうやうやしい態度でヘルメットを差し出した。あまりにもしゃちほこばっているので、「うむ」と重々しく頷いて受け取ってやった。

「被害者は鈴村の中学の時の同級生だそうです。鈴村の失踪とは関係ないかもしれませんが、念のために耳に入れておいたほうがいいかと思って」

「ふうん。同級生ねぇ。ってことは顔見知りか？」

「さあ、それはどうでしょう。同じ中学出身でも、知らない場合もあるでしょうし」

だよな、と返事をしてヘルメットを被《かぶ》ろうとした葉鳥は、突然あることを思い出して動きを止めた。ヘルメットを頭上に持ち上げたまま固まってしまった葉鳥の姿に、若い衆たちが何事かとざわつき出す。

「忍さん？　どうされたんです。……大丈夫ですか？」

鰐淵が葉鳥の目の前で手をかざした。葉鳥は何もない空をにらみ、「知ってる」と呟いた。

「あれは知ってた反応だ。間違いない」

意味を成さない葉鳥の返事に、鰐淵が「はい？」と不安そうな表情をする。

鈴村の部屋を訪ねたあの日、一緒に事件のニュースを見た。画面に高校の卒業写真と思われる被害者の顔写真が映り、その上にテロップで名前と年齢が出た時、鈴村が「あ」と小さな声を漏らしたのだ。

知ってる奴なのかと尋ねると、鈴村は慌てて「いえ」と首を振り、現場付近の風景を指差し「この辺をよく通るからびっくりしたんです」と説明した。あの時は別に何も思わなかったが、鈴村が驚いたタイミングは、どう考えても被害者の顔と名前が出た瞬間だった。

鈴村は被害者が自分の同級生だったことに気づいていたのだ。なのに、なぜか葉鳥には知り合いではないと言った。理由はわからないが引っかかる。

大抵の人間は知人が大きな事件の被害者だと知れば、自慢とまでは言わないが、声を大きくして「こいつ、知ってる！」と騒ぎ立てたくなるものではないだろうか。

想像力を大きく膨《ふく》らませて考えるなら、鈴村はあの餓死死体の遺棄事件に関係していたか、もしくは被害者と知り合いであることをどうしても内緒にしたかったか、そのどちらかの可能性が考えられる。

かなり乱暴な推理ではあるが、なんの手だてもない今、餓死死体の事件を調べてみるのもひとつの手ではないかと葉鳥は考えた。

「井元。その被害者と鈴村の関係、徹底的に洗い出してくれ。どんな些細なことでもいい。どういうつき合いがあったのか、共通の友人はいるのか、そういったこと全部だ」

「は、はい。承知しました」

いきなりの指示に驚いているが、どうしてと聞かないのが井元のいいところだ。葉鳥は「頼んだぞ」と言い捨てると、ヘルメットを被ってバイクを発車させた。

背後で全員がドスの効いた声で「お気をつけてっ」といっせいに頭を下げる。ベタなので勘弁してほしいが、そういう連中なので仕方がない。

バイクを飛ばしながら、金か色で簡単に釣れる警察関係者の顔を思い浮かべていると、今日、偶然再会した上條の存在を思い出した。

餓死死体の事件を捜査しているようだったが、あれは駄目だ。あの刑事はお堅いわけでもないのに、変なところで融通が利かない。お人好しだが、それでいて懐柔できるタイプではないのだから、余計に始末が悪いだろう。

それに隙《すき》だらけに見えて、意外と鋭い。なかなか油断できない男だ。

上條と一緒にいた瀬名は、大人しそうな少年を連れていた。あのふたりも事件に関係しているのだろうか。

できれば瀬名のほうには、二度と会いたくねぇな。

そんなふうに考えてしまう器の小さな自分が可笑しくて、葉鳥は薄ら笑いを浮かべながらスロットルを全開にした。

6

「先輩に対して大変失礼だとわかっていますが、はっきり言わせていただきます。上條さん、女性に全然もてないでしょう?」

失礼だという自覚があるなら言わなくてもいいと思ったが、言わずにはいられないほど機嫌が悪いのだろう。テーブルの向こう側に座る瀬名の目は、さっきからやけに刺々《とげとげ》しい。

「なんで俺が女にもてないと思うんだ。理由を教えてくれ」

「最高の店を見つけたから、ぜひとも食事を奢《おご》りたい。そう熱心というか強引に誘われて、一体どこに行くのかと思ってついてきたら、びっくりするほど庶民的な中華料理店に連れていかれ、さらに人の意見も聞かずに勝手に担々麺《たんたんめん》の大盛りを注文された日には、大抵の女性は相手の男に失望すると思いますが」

それは上條と瀬名の話だ。一般論に置き換えられても困る。第一、瀬名は女性ではない。

「それはお前だからだろ。相手が女なら、俺だってもう少しは気をつかうよ」

「どうだか。上條さんは基本的に女心がわからないタイプです」

勝手に断言するなと文句を言おうとしたところに、二人前の担々麺が運ばれてきた。瀬名はテーブルの上に置かれたボリュームのある担々麺を、眉根《まゆね》を寄せて見つめている。

「もしかして担々麺、嫌いだったのか？」

それなら勝手に注文して悪かったと思ったが、瀬名は「別に好きでも嫌いでもありません」と答えて、やけくそ気味に熱々の担々麺を啜りだした。湯気で眼鏡が曇っていく。インテリ然とした風貌《ふうぼう》には似合わないほど、なかなか豪快な啜り方だ。

ホッとして上條も自分の担々麺に箸《はし》をつけた。この店の担々麺は辛さとコクのある甘味が絶妙で、本当に美味《うま》い。瀬名のマンションの近くにある、頭に超がつくほど小汚い中華料理店だ。以前、祥に会った帰りに腹が減っていたので炒飯《チャーハン》と餃子《ぎょうざ》を食べたら、これが最高に美味かった。その後も二度ほど立ち寄ったが、どの料理も外れがなく、特にこの担々麺は絶品だった。

黙々と担々麺を食べている瀬名をチラッと見て、もしかしてと考える。瀬名は洒落《しゃれ》た店に連れていってもらえると期待していたのだろうか。上條は男同士でそんな店に行ってもしょうがないと思うが、瀬名はゲイだ。男同士でそういう店に行きたいタイプなのかもしれない。

「なあ。フレンチとかイタリアンのほうがよかったか？」

そう尋ねたら、「はあ？」と言われた。「は」より「あ」のほうが強調した言い方だ。

「なんですか、それ。誰もそんなことは言ってないでしょう」

「でも機嫌が悪いじゃないか。期待外れだったから、失望したんだろう？」

「あのね……。どうして私が上條さんとの食事で、フレンチだのイタリアンだのを期待しなくちゃいけないんです。私が不機嫌なのは上條さんが人の意見を聞かずに、お店も注文も勝手に決めてしまったからです。私は少し前から胃の調子が悪いんです。できれば、あっさりした和食なんかがよかったのに」

知らなかったとはいえ、それは悪いことをした。上條は素直に「すまん」と謝った。

「俺の悪い癖だな。自分がいいと思ったら、つい他人にも勧めたくなる。お前の意見を聞いてからにすべきだった。俺はちょっと無神経すぎるっていうか、適当っていうか、大雑把《おおざっぱ》っていうか。お前が言ったとおり、女にもてないはずだよな。こんなんだから、女房にも愛想尽かされて逃げられるんだ」

無理やりハハハと笑い、残った担々麺をかき込んだ。よかれと思ってやったことが、よくない結果をもたらすのは、悲しいかなよくある話だ。

「すみません。言いすぎました。……この担々麺は確かにおいしいです。胃の不調も忘れて、全部食べてしまいました」

言われて瀬名の器を見ると、見事に空っぽになっていた。萎《しぼ》んでいた気持ちが急に元気になり、上條は「なんだよ。ツユまで飲んでるじゃないか」とテーブルの下で瀬名の靴先を軽く蹴《け》飛《と》ばした。

食べ終わって店を出てから、少し歩かないかと瀬名を隅田川《すみだがわ》沿いの遊歩道に誘った。川面を抜ける風はまだ冷たいが、日射しはもうすっかり春めいていて、今日はコートがなくてもいいような陽気だ。

「祥の目撃情報は、少しは役に立ちそうですか?」

白いワゴン車の件はすぐに野々村《ののむら》に報告した。野々村の許可が出たので捜査会議でも報告したが、情報源が真宮祥と知って捜査員たちの反応は冴えないものだった。

正直に話しておいたほうがいいと思い、祥の目撃情報が軽んじられている現状を説明すると、瀬名は「仕方がないでしょうね」と冷静に受け止めた。

「ああいう病気を患っている以上、信憑性《しんぴょう》を疑われても致し方ないと思います。祥は嘘をつかない子ですが、精神が不安定になると記憶が混乱することはあります。私自身、祥の言うことが絶対に間違いないと言い切る自信はありません。……けれど、これだけはわかってあげてください。あの子は上條さんの役に立ちたいと思っています。その気持ちは純粋で嘘がない」

「ああ、わかってるよ。祥はいい子だ。俺はむしろ、いい子すぎるのが少し気になる」

上條が足を止めると、瀬名も立ち止まった。言うべきか迷ったが、祥のことを一番わかっている瀬名に、率直な気持ちをぶつけてみたくなった。

「あの子は本当にいい子だ。顔も覚えていない母親のために日本に帰ってきて、毎日のように見舞っている。今回の事件の捜査にも協力的だ。でも、それってどうなんだ？　自分を虐待していた母親に優しく接して、死体を見つけた嫌な場所にまた行ってケロッとしている。言い方は悪いが、普通の神経じゃない」

瀬名は上條のそういう感情を見抜いていたのか、意外な顔も見せずに「ええ」と頷いた。

「確かに普通とは違います。上條さんの目には、もしかしたら鈍感に映るかもしれませんね。それは祥の不安や恐怖をヒカルが受け止めているからです。ヒカルがいるから、祥はストレスを感じないで済んでいる」

「けど、それって祥は辛《つら》いことと向き合わず、全部ヒカルに任せているってことだろう？　そんな状態で本当にいいのか？　祥自身のためにもならない気がするし、何よりヒカルが可哀相じゃないか」

瀬名はなぜかいきなりキャメル色のテーラードのコートを脱ぎ、自分の右腕にかけた。

「私の右手が重い荷物を持ったとします。けれど右手は握力がないので、とてもではないが持てそうにない。我慢できなくなって左手に持ち替えました」

そう言ってコートを左の腕にかけ替える。一体なんの話だと上條は面食らうばかりだ。

「重い荷物を持つことを余儀なくされた左手は可哀相ですか？　そんなことはありませんよね。

持っているのは私自身です。祥とヒカルも同じです。いろんなことを分担しあっているだけで、彼らはひとりの人間なんです」

「いや、しかし、それぞれ別の人格だろ？　感情や性格は違うはずだ。ヒカルが俺ばっかり損して嫌だって言い出したら、どうするんだよ」

瀬名は上條に顔を近づけ、だらしなく結んだネクタイをグイッと強く引っ張った。

「ヒカルが可哀相だというあなたの勝手な気持ちが、そういう危険な状況を誘発するのです」

「え……？」

「ヒカルは自分の役割をわかっています。自分が祥を助ける存在だということも。けれど周囲に『お前はすごく可哀相だ。損してる』というようなことを吹き込む人間がいれば、彼も混乱します。自分が主人格になってもいいのではないかと考えだす可能性もある。つまり、上條さんの考え方はとても危険なんです。ヒカルに同情したり祥をずるいと思うなら、もし今後そういう気持ちで接するというなら、もう二度と祥には会わないでいただきたい」

恐ろしく真剣な眼差しだった。美形なだけに至近距離からにらまれると、息を呑《の》むほど迫力がある。上條はネクタイを摑まれたまま、コクコクと頷いた。

「わ、わかった。そういう考え方はやめる。やめるからネクタイ放せよ。苦しいだろ」

瀬名はネクタイを放すと、まるで汚いものでも触っていたかのように手をひらひらと振って、コートを羽織った。

「上條さん。祥は祥なりに頑張っているんです。母親のことも事件のことも、逃げ出すことはできるのに、必死で向き合っている。重い荷物をヒカルに預けていようが、あの子はあの子なりに苦しんでいます。どうか理解してあげてください」

上條は己の浅はかさを反省しながら、「ああ」と頷いた。祥がいつも笑っているから、自分は勘違いしていたのだ。何も感じていないように思い込んでいた。

しかしな、とひとつだけ解せないことがあった。母親のことだ。しつこいようだが、やはり母親を見舞いたいと思う祥の気持ちが、いまひとつ理解できない。瀬名は母親とも必死で向き合っているというが、祥にはそういう葛藤《かっとう》すら見受けられないのだ。普通の親子のように、愛情を持って母親に接している。そこがすごすぎる。

「私はこれから人と会う予定がありますので、ここで失礼します」

瀬名は上條に軽く頭を下げ、そばにあった階段へと足を向けた。

「瀬名」

咄嗟に呼び止めてしまったのは、新藤のことを聞きたかったからだ。けれど階段の途中で振り返った瀬名の顔が少し疲れて見えたので、切り出しづらくなった。

担々麵など食べさせたから、胃が辛いのかもしれないが、そもそも胃の不調は新藤と再会したからではないのだろうか。勝手な想像だが、なんとなくそんな気がする。

「……そ、そのコート、いいよな。カシミアか？」

何か言わなくてはと焦ったら、笑えるくらいどうでもいい質問が口をついて出た。瀬名は怪訝そうな顔をしながらも、「そうですが」と答えた。

「もしかして、初めて会った夜に着ていた黒いコートもカシミアだった？」

「ええ。それが何か？」

言葉につまって、よく似合っていたと言いそうになったが、男相手にそういうセリフもどうなんだと思い、口にする寸前でやめた。

「カシミアのロングコートを、色違いで二着も買えるなんてすごいな。儲《もう》かってるのか？」

言うに事欠いてそれはない。下世話すぎる。瀬名もそう思ったのだろう。眉尻がわずかに跳ね上がった。

「おかげさまで、カシミアのロングコートを色違いで二着買える程度には稼がせてもらっています。もう行ってもいいですか？」

「あ、ああ。いい。呼び止めて悪かったな。じゃあ、また」

瀬名はやれやれと言うように溜《た》め息《いき》をつき、また階段を上がり始めた。が、今度は自分から足を止めて、上條を振り返った。

「上條さん。言い忘れました。ご馳走様《ちそうさま》でした。担々麵、すごくおいしかったです。胃の調子がよくなったら、祥を連れてまた食べに行ってみます」

上條が何か言おうとするその前に、瀬名は背中を向けて行ってしまった。

翌日、夜になって瀬名のマンションを訪ねると、眠たそうな顔の祥が出てきた。

「寝てたのか？　起こして悪かったな」

「いえ。ちょっとうとうとしてただけです。どうぞ上がってください。智秋は近くのスーパーに買い物に行ってます」

靴を脱ぎながら「瀬名は料理なんてするのか」と言うと、祥は「すごく上手ですよ」と笑った。手の凝った料理も上手だが、祥は瀬名がつくってくれる日本風のカレーが好きらしい。

「捜査に進展はありましたか？」

「いや。八方ふさがりな状態で膠着《こうちゃく》してる」

そうですか、と残念そうに答え、祥はお茶を淹《い》れてくると言ってキッチンに消えた。ソファに座ってテレビを見ていると、夜の報道番組が始まった。

「上條さん。鳳来軒《ほうらいけん》ってお店、知ってます？　ここから歩いて三分くらいなんですけど」

戻ってきた祥が、テーブルに紅茶の入ったカップを置きながら言った。

「……赤い看板の汚い中華料理店か？」

「はい。そうです。夕方、智秋と一緒に行ってきたんです。智秋に担々麵がお勧めだって言われて食べてみたら、本当においしかった」

鳳来軒は昨日、上條が連れていった店だ。祥を連れていくとは確かに言ったが、まさか昨日の今日で本当に行くとは思わなかった。

「ちなみに瀬名は何を食べた？」

「担々麵ですよ。大盛りの」

あんなにツンツン怒っていたくせに。胃の調子が悪いくせに。そう思うと可笑しいやら可愛いやらで笑いそうになった。前に祥が上條といる時の瀬名は可愛いと言ったが、段々とその気持ちがわかってきた。

『――続きまして、夢の島で発見された餓死死体についての続報です』

政治の違法献金問題のニュースが終わると、メインキャスターは次の話題を告げた。上條と祥は黙ってテレビを見ていたが、特に真新しい情報はなく、キャスターは沈痛な表情で進展のない捜査状況を嘆いた。

『被害者の三沢《みさわ》さんはいったいなぜ、たった一か月であれほど変わり果てた姿となってしまったのでしょう。今井《いまい》さんはこの事件について、どうお考えですか？』

『そうですね。私が想像するに、犯人は三沢さんとの間でトラブルを抱えていた人間ではないかと思います。何かしらの理由で監禁していたが、世話をするのが面倒になり放置していたら餓死してしまった。そういう可能性も十分に考えられるかと――』

犯罪に詳しいという触れ込みのルポライターが、訳知り顔で持論を述べている。

「戦後みたいに、ものがない時代に餓死するなら納得もできるけど、捨てるほど食べ物がある今の時代に飢えて死ぬって、恐ろしいよな」

上條が言うと、祥は素直に「はい」と頷いた。

「俺なんか病院の検査を受けるために一日絶食しただけで、もう死にそうだって思った。本当に辛くてさ。食べられないことがどれだけ苦しいのか、よくわかったよ」

ニュースは外国で起きたテロ事件に変わった。祥はまだテレビに視線を向けたままだ。爆破された建物を食い入るように見つめている。アメリカ育ちだから、そういったニュースにも興味津々《しんしん》なのかと思っていると、祥はテレビに顔を向けたままで「犯人は」と呟いた。

「犯人は最低の人間だ」

確かに無差別テロを起こすような人間は最低だと思う。上條は「そうだな」と同意した。

「三沢って男は餓死してしまったんじゃない。犯人に餓死させられたんだ。殺人だよ」

「え？」

テロの話かと思っていたのに、そうではなかった。祥は三沢の事件のことを言っているのだ。

「故意に餓死させたって、なぜわかるんだ？」

「あの男が言ってたから。公園で会った、あの男が」

その時になって、やっと祥の異変に気づいた。声に抑揚もなければ、表情も乏しい。まるで操り人形のようだ。明らかにいつもの祥ではない。

「……お前は誰だ？」

祥でもヒカルでもない。とすると、今ここにいるのは――。

「ケイ。真宮ケイ」

やっぱり、と息を呑む。ようやくケイが現れたのだ。

「あの男、許せないよ。飢えて死ぬのが、どれだけ辛いことかわかってない。……いや、違うか。わかっているから、あえて餓死させることを選んだのかな。どっちにしても許せない」

「ケイ。教えてくれ。そいつはどんな男だった？　顔は？　年齢は？」

ケイはテレビから視線を外し、ゆっくりと上條を見た。夢を見ているようなぼんやりした表情ではあるが、それでいて聡明さを感じる強い瞳だった。

「あいつは言ってた。すぐ殺してしまったらつまらないから、恐怖と絶望ができるだけ長引くように、死ぬまで密室に閉じ込めたんだって。……あいつ、まだやるよ。残りの奴らも同じように殺すって言ってた」

「残りの奴ら？　それはどういう意味だ。犯人は同じ犯行を繰り返すっていうのか？」

真っ先に頭に浮かんだのは、何者かに拉致されて行方がわからなくなっている鈴村のことだった。もし同じ犯人に捕まっているなら、鈴村はどこかで飢えて死にかかっているかもしれない。もしそうなら現在進行形の殺人が、今この瞬間にも行われていることになる。

犯人が残したあのメッセージ。あれはやはり連続殺人予告なのか。ポリスの歌をなぞるように、犯人は一人二人三人と、数を数えるように殺していくというのか。

「犯人はどうしてお前にそんなことを話したんだ？」

ケイが笑った。無邪気なようでいて、ゾクッとするほど得体の知れない何かを感じた。

「さあ。どしてだろう？　もしかしたら、わかったのかな。僕なら知っているって」

「知ってる？　何を知っているっていうんだ。ケイ、頼むからちゃんと答えて――」

それは突然だった。ケイの瞼《まぶた》が痙攣《けいれん》するように動いたかと思うと、首がガクッと折れ、上体が前屈みになって倒れそうになった。上條は慌てて抱き留めた。

「ケイ？　どうしたんだ、ケイっ」

ぐったりしている華奢《きゃしゃ》な体を抱きかかえていると、「ケイじゃない」という不機嫌そうな声が聞こえた。

「俺はヒカルだ。…くそ、あの野郎、また出てきやがったのか」

青ざめた顔で文句を言っているのは、間違いなくヒカルだった。

「ケイはどこに行った？」

我ながら変な質問だと思ったが、そう聞かずにはいられなかった。

「知らねぇよ。どっかに消えちまった。あいつは幻の深海魚みたいなもんなんだよ。……ああ、クソ。あいつが出たあとは気分が最悪だ。吐き気がする」

ヒカルは本気で気分が悪そうだった。上條の胸にすっぽり納まって、動こうとしない。普段、生意気なだけに、そういう姿を見ると可哀相になってきた。大丈夫かと声をかけながら背中をさすっていると、手にスーパーのレジ袋を提げた瀬名が帰ってきた。

「祥……？　どうしたんだ？」

袋をその場に置いて、瀬名は顔色を変えて駆け寄ってきた。上條は手短に説明した。

「さっきまでケイが出ていたんだ。急に消えてヒカルに交代した。気分が悪いそうだ」

「智秋……。こっち来て」

ヒカルが両手を伸ばすと、瀬名はソファの前に腰を下ろしてヒカルを抱き締めた。

「ヒカル、大丈夫か？」

「あんまり大丈夫じゃない。キスしてよ」

甘えるような声でヒカルが言う。瀬名はなんの躊躇《ちゅうちょ》もなくヒカルの唇に優しくキスをした。唇だけではなく、頬や額にもキスを繰り返す。いきなりなんなんだ、と上條は唖然《あぜん》とした。

「もう寝る。部屋に連れてってって」

すっかり甘えっ子になってしまったヒカルが頼むと、瀬名は「いいよ」と答えて、お姫様を抱っこするようにヒカルの身体を横抱きにして、リビングから出ていった。

五分ほどでヒカルを寝かしつけて戻ってきた瀬名は、またケイが出現したことに強い危惧《きぐ》感を示した。しかし上條は別の危惧感で頭がいっぱいだった。

「念のために聞くけど、お前とヒカルはそういう関係だったのか？」

「そういう？　どういう関係ですか？」

「そういう関係っていったら、そういう関係だよ。つまり、その、あれだよ。男と男の恋愛関係っていうのか？」

瀬名はおもむろにソファのクッションを摑むと、上條めがけて投げつけた。よける暇もなく、顔にまともに当たった。

「うわっ。なんだよ、いきなり」

「あなたって人は本当に馬鹿ですね。とことん呆れ果てました。私がヒカルみたいな子供に手を出すなんて、本気で思っているんですか？　そんなの犯罪じゃないですか」

「だ、だって、さっきキスしてたじゃないか。すげぇ甘ったるい雰囲気だったし、もしかしたらそうなのかもって思うだろ。普通」

瀬名は頭痛がすると言いたげに額を手で押さえ、「あなたの普通なんて知りませんよ」と吐き捨てた。

「不安がってる子供を落ち着かせるためのキスを見て、よくそんな変な想像ができますね」

「子供といってももうすぐ十八歳だろ。十八つったら、恋愛も結婚もできる年齢じゃないか」

「私から見れば十分、子供です」

「だけどあんなにベタベタしてたら、うっかり間違ってムラムラすることだってあるだろう」

瀬名がまたもやクッションを摑んだので、「待て！」と手のひらを突き出して押しとどめた。

「あるわけないでしょう。馬鹿馬鹿しい。あなたにキスした時だって、まったくこれっぽっちもムラムラなんてしませんでしたよ。私は男が好きなゲイですが、自分が保護すべき子供に変な気持ちなんか持ったりしません。……ああ、いけない。買い物がそのままだった」

瀬名は立ち上がって、ドアの近くの床に転がっていたレジ袋を拾い上げた。

「ヒカルは不安になるとスキンシップを望む子なんです。子供の頃の彼の役割が影響していると思いますが」

そう言ってキッチンに消えた。そこで話を区切られると気になってしまう。上條は瀬名を追ってキッチンに入った。瀬名は冷蔵庫を開けて、食材をひとつひとつ丁寧に入れていた。

「子供の頃の役割ってなんだ？」

「虐待ですよ。あの子は母親や伯母の夫から虐待の多くを受け止めていた。つまり愛されなかった子供なんです。まともな愛情を与えられずに育った子供は、得てしてスキンシップに飢えています。ヒカルもそうです。不安になると人の温《ぬく》もりが欲しくなる」

さらっと言われたが、胸の痛くなるような事実だった。瀬名は冷蔵庫を閉めると、ドアに背中を預けて腕を組んだ。

「またそういう顔をする。ヒカルに過剰な同情はやめてくださいと、昨日、言いましたよね」

「わかってる。あいつの前では気をつけるよ。でもやり切れない」

瀬名と向かい合うように、上條はシンクに腰を預けた。

「ヒカルには何人かの人格が統合されていますが、母親的役割を持っていた人格が統合されてから、とても落ち着いた状態になったそうです。治療を開始した当初は、エリックに唾《つば》を吐くわ噛みつくわで、それは大変だったみたいですが」

「ふうん。……ああ、そういえば、祥から聞いたけど、ウォレス医師の娘さんとつき合っていたんだって？　お前、女もいけるのか」

瀬名はいきなり肩を揺らして笑い始めた。

「な、なんだよ？　何が可笑しいんだ？」

「エリックに娘はいませんよ。いるのは息子です」

「え……？　でも祥が――」

あの時の会話をよくよく思い返し、そういえばと気づいた。祥は子供とは言ったが、娘とは言わなかった。なんとなく態度が変だったのは、瀬名がゲイであることを勝手に教えてはいけないと、祥なりに注意していたからだろう。

「すまん。俺の勘違いだ」

「でしょうね。エリックの息子は内科医で、とても素敵な人でした。ただ残念ながら、セックスの相性があまりよくなくて、結局は別れてしまいましたが」

瀬名は時々、ひどく露悪的になる。上條を不快にさせるようなことを自分から言うのは、もしかしなくても、わざとではないだろうかと思う。

ここで眉をひそめて瀬名を非難するのは、相手の思うつぼのような気がしたので、上條はあえて「へえ」と軽く反応した。

「セックスの相性ってそんなに大事か？」

「大事ですよ。セックスを楽しめない相手とは、つき合いたくない」

「けれどもし、めちゃくちゃ惚れた相手とセックスの相性が悪かったらどうするんだ？　そいつとも別れるのか？」

瀬名は考えるように頭を上げて天井を見た。白い喉《のど》があらわになる。嚥下《えんか》に合わせて動く男の喉仏《のどぼとけ》を、生まれて初めてきれいだと思った。そんな自分が少し恥ずかしい。瀬名に感化されすぎではないのか。

「セックスの相性が悪い時点で、きっと愛情も冷めると思います。だから多分、別れるんじゃないですか」

他人事《ひとごと》のように言って、瀬名は微笑んだ。優しい笑顔ではなく、どうだ、この答えで参っただろうと、勝ち誇ったようにも見える。

やり込められた気がして悔しくなった。この性悪めと腹立たしく思いながら、瀬名の頭を挟むように冷蔵庫に両腕をついて、深く項垂《うなだ》れた。

「お父さんは悲しいぞ。そんな子に育てた覚えはない」

高校の頃の瀬名と比較してはいけないとわかっているが、つい愚痴ってしまう。

「こっちだって育てられた覚えはないですよ」

顔を上げると不満そうな顔をした瀬名と目が合った。男のくせに、つるっとした顎だ。上條は朝しっかり剃っても、夕方にはもうざらざらしている。

瀬名は昔からきれいな肌をしていた。どこもかしこも白くてなめらかで、更衣室で無防備に着替えている裸の背中など見るたび、ひそかに目を奪われていた。

なんでだろうと不思議に思う。再会するまでその存在も忘れかけていたのに、会った途端、昔のことが鮮明に思い出されて仕方がない。そして思い出すたび、あの頃の自分は瀬名に結構ときめいていたという、えらく恥ずかしい事実が浮かび上がってくるのだ。

絵里《えり》に見とれていたと言われた時は、何を馬鹿なと思ったが、今にして思えばその通りかもしれないと思う。

冷蔵庫の低いモーター音だけが聞こえるキッチンで、意味もなく見つめ合っていると、瀬名が「なんなんですか」と眉間《みけん》にシワを刻んだ。

「言いたいことがあるなら、はっきり言えばいいでしょう？　そんなふうに黙ってジーッとにらまれるのは気分が悪いです」

「にらんでいるんじゃない。見つめているんだ」

自分で言っておいて、気障《きざ》すぎて笑いそうになった。瀬名も可笑しかったのか、プッと吹き出した。

瀬名が笑うとホッとする。どうしてなんて知らないが、とにかくよかったと感じるのだ。

「なんですか、それ。もしかして私のことを口説いているんですか？」

「口説くか、馬鹿」

舌打ちして片腕を下ろすと瀬名はくすくす笑いながら、上條のざらついた顎を指先で意味ありげに撫でた。

「口説いたって駄目ですよ。上條さん、セックスが下手そうだから無理です」

「だから口説いてねぇって。……おい、ちょっと待て。なんで俺が下手だと思うんだ？　俺とやったこともないのに、勝手に決めつけるな」

瀬名は上條のネクタイを軽く引っ張りながら、「寝なくてもわかりますよ」とはすっぱな女のように顎を突き出した。

「上條さんみたいなタイプは、自分の感情だけで盛り上がって一方的に攻めて、相手を置き去りにしてしまうんです。自己満足なセックスだと言われたことはないですか？」

ある。図星だ。若い頃、つき合っていた彼女に言われたことがあった。苦い記憶だ。

「愛情で心は満たされても、身体はまた別です。女性はセックスの不満は言わないことのほうが多いですが、黙っているから相手も満足しているなんて思っていたら――」

「もういい。黙れ。お前にセックスのカウンセリングなんて頼んでない」

手のひらで口を押さえると、瀬名がまた嚙みついた。二度目ともなると、ギャグ漫画かコメディ映画かと言いたくなる。

「痛い。噛むなって言っただろう」

「上条さんが悪いんでしょう。手で口を押さえるなんて芸がない。相手を黙らせたいなら、キスで唇を塞ぐくらいの芸当を見せてください。もういい大人なんだから」

ああ、そうか。そんなに言うならしてやるよ。上条はやけっぱちな気持ちで瀬名の腰を抱き寄せ、強引に唇を重ねた。驚いた瀬名が拳《こぶし》で胸を叩いたが、腕を摑んでやすやすと抵抗を封じ込める。

噛みつくような荒々しいキスになった。ムードもへったくれもない。けれど瀬名の唇は甘く、キスが止まらない。

「どうして……?」

キスの合間に喘《あえ》ぐように瀬名が呟いた。どうしてキスなんてするのかと言われても、上条にだってよくわからない。

「俺だってわからん。聞くな」

そう言い捨て、キスを続ける。瀬名の反応を窺《うかが》う余裕もないまま、柔らかな舌を絡め取っていると、背後で「あ!」と大きな声がした。

飛び上がるほど驚いた。振り返ると、パジャマ姿の祥が立っていた。

「上条! 智秋から離れろっ。俺の智秋にいやらしいことすんな。この痴漢野郎っ」

ヒカルだった。痴漢野郎はともかくとして、俺の智秋という言葉が聞き捨てならない。

「瀬名はお前のものなのか？　誰が決めた？　瀬名は同意しているのか？」

「うるせぇっ。いいから離れろよ」

ヒカルがふたりの間に強引に割り込んでいた。狭いキッチンで男三人がサンドイッチ状態だ。

「智秋は男の趣味がいいんだ。お前なんか相手にするわけないだろう」

「なら、お前はどうなんだ。自分が瀬名にお似合いだと思ってるのか？　ガキが笑わせるな」

「なんだとっ？」

「シャラップ！」

ヒカルの後ろで瀬名が叫んだ。さすがは本場仕込み、いい発音だと感心していると、瀬名はヒカルと上條をまとめて押しのけた。

「一体なんの喧嘩ですか。まったくくだらない。ヒカルは部屋に行って寝る。上條さんはもう帰ってください。本当にもう面倒くさい」

ぷんぷん怒りながら瀬名はキッチンを出ていった。

「智秋に初めて本気で怒られた……。どうしよう。上條のせいだ」

「そんなの知るか。俺なんていつも怒られているんだぞ」

大人げないと思ったが、言わずにはいられなかった。

「本当に連続殺人なんだろうか」

野々村が厳しい顔つきで上條を振り返った。

「ケイは犯人の言葉を聞いています。嘘だとは思えない。やっぱり祥の手に書かれた文字は、犯行予告のメッセージだったんですよ。管理官は鈴村克哉をご存じですか？」

「ああ。深川南署が必死で行方を捜している男だろう。それがなんだ？」

声に苦々しい響きが混ざっている。野々村なら、父親の森崎が捜査に口出ししていることくらい、とっくに承知しているだろう。

「三沢と鈴村は中学時代の同級生なんです。俺はもしかして鈴村の失踪は、同一犯の仕業ではないかと疑っています」

「何？　証拠はあるのか？」

「ありません。でもタイミング的に怪しくありませんか」

野々村は「決めつけるなよ」と渋い表情を浮かべた。

「捜査に思いこみは禁物だぞ」

「わかってます。でも三沢と鈴村の事件を照らし合わせてみたら、何か重なる部分が見えてくるかもしれない。鈴村の捜査内容を俺にチェックさせてくれませんか」

「しかしな……」

野々村が躊躇《ちゅうちょ》するのは当然だ。なんの証拠もないのに、所轄の捜査に首を突っ込むのは褒められたことではない。他人の縄張りを荒らすようなものだ。

上條が「お願いします」と頭を下げると、ひとけのない会議室の片隅で、野々村は深い吐息を落とした。

「お前は言い出したら聞かないからな。わかった。署長には俺が話を通しておく」

「ありがとうございます！」

野々村は疲れた顔つきで椅子から立ち上がった。時間はもう十二時を回っている。

「管理官はこれから帰宅ですか？」

「いや、本部に戻る。課長と打ち合わせが残っていてな」

一課長は深夜から記者クラブで取材を受ける。それが終わるのを待って打ち合わせをするのなら、帰宅は一時を回るだろう。

「管理官、このところ体調が悪そうです。本当に気をつけてくださいね」

「大丈夫だ。こう見えて、スタミナはあるからな」

野々村も学生の頃、剣道部だったらしい。一度、ぜひ手合わせをお願いしますと言っているのだが、多忙な人なのでまだ実現していなかった。

下まで見送ろうと思い、上條は一緒に会議室を出た。署内は当直の職員しかいないので、ひっそりと静まりかえっている。

「上條。これがもし連続殺人だとして、犯人はどんな人間だと思う?」

「そうですね。理由はわかりませんが、三沢や鈴村に相当の恨みを持っていると思います。ただ殺すだけでは飽き足りないんでしょうね。粘着質だけど冷静で根気強く、それに自信家でもある。犯行を少し面白がっている傾向もあるから、残忍な性格かもしれない」

上條なりの犯人像を口にすると、野々村は「なるほどな」と頷いた。

「怨恨からの犯行なら、犯人は本当に恐ろしい人間だな。死の絶望をたっぷり味わわせて、飢えという苦痛の中で命を奪う。じわじわと少しずつ殺していくようなものだ」

「はい。普通の精神状態ではできない気がします」

野々村は足を止め、上條を振り返った。

「犯人はやはり狂った人間だろうか?」

その問いかけに対し、すぐに返事ができなかった。以前の上條なら、そうではないかと安易に頷いただろう。だが真宮祥という少年と知り合ってしまった今、何が普通で何が異常かよくわからなくなってきた。

上條が「どうでしょう」と返事を濁すと、野々村は自分の足もとを見つめながら言った。

「まあ、犯人がどうであれ、犯行の内容がなんであれ、俺たちは捜査に尽力するしかないいな」

「はい。……あ、そういえば美久《みく》ちゃん、俺のこと何か言ってませんでしたか？　格好いい刑事さんね、とかなんとか」

おちゃらけると、野々村は苦笑を浮かべて「言うか、馬鹿」と上條の頭を叩いた。

「えぇー。おかしいな」

しきりに首を捻《ひね》る上條を見ながら、野々村は「お前はいいな」と微笑んだ。玄関の自動ドアが開くと、冷たい風が吹き込んできた。

「どんな時も深刻ぶったりしない。いつも肩に無駄な力が入ってないし、自然体だよな」

階段を下りながら、野々村は話を続けた。

「そうですか？　こう見えて結構、繊細で小心者でストレスも感じやすいんですけど」

上條が真面目な顔で言うと、野々村は「よく言うよ」とまた笑った。

駐車場で待機していた黒塗りの公用車が、野々村の前に滑り込んでくる。上條は「どうぞ」とドアを開けた。野々村は後部シートに腰を下ろし、上條がドアを閉める寸前に呟いた。

「お前がいてくれてよかったよ」

走り去っていく車の赤いテールランプを見送りながら、上條はそれは俺も同じですよ、と胸の内で呟いた。

「捜査一課のあなたが、どうして所轄の扱っている失踪事件に首を突っ込んでくるんですか」

組織犯罪対策課の課長、原田《はらだ》にくどくどと嫌みを言われながらも、上條は捜査資料に目を通し続けた。特に目撃者情報と鈴村の交友関係は熱心にチェックする。

「いやー、本当にすみませんね。決して捜査の邪魔をするつもりはないので、どうかひとつ大目に見てやってください。例の餓死死体のガイシャと、この鈴村って男は中学の時の同級生なんですよ」

「それは何度も聞きましたよ。でもそれだけの話でしょ？　特に交流があったわけでもなし」

そうなんですけどねーと適当に返事をしつつ、ファイルをゆっくりめくっていく。

鈴村が暴力団の構成員ということもあって、捜査は組対課が中心になって行われている。鈴村は下っ端だったので、東誠会の対抗組織に狙《ねら》われたという可能性は低く、真っ先に疑われたのは東誠会そのものだった。

しかし若頭《わかがしら》の新藤や、鈴村に最後に会ったと思われる葉鳥忍から話を聴いたところ、東誠会では鈴村が森崎大二郎の息子なので、相当気をつかって接していたようだ。そうなると内部の仕業とは、到底考えられなかった。

残る可能性は鈴村個人のトラブルだ。けれど友人知人関係、借金問題など、徹底して鈴村の身辺を洗ったが、特にこれといった問題は浮上しなかったらしい。

「原田課長。葉鳥忍は東誠会の構成員なんですか？」

特に記述がなかったので尋ねると、原田は「うーん、微妙だな」と耳を掻《か》いた。

「正式には組員じゃないんですがね。でも新藤にはもっとも近い人間といいますか。……はっきり言えば、イロですよ。こっち」

立てた小指を見せられ、そういうことかと納得した。昔から葉鳥には男の影がちらついていた。けれど男が好きなゲイというより、単に大人の男を食い物にしているだけのようにも見えた。きれいな顔に似合わず、葉鳥には生きていくためならなんでもするという突き抜けたタフさがあり、その思い切りのよさは、逆にある種の清々《すがすが》しささえ感じるほどだった。

葉鳥はまあいい。問題は新藤だ。新藤がゲイなら、瀬名ともそういう関係があったのではないかと、つい考えたくなる。あの時のふたりのぎこちない雰囲気は、やはりそういうことなのだろうか——。

「葉鳥は組員じゃないんですが、どうも陰で特攻隊まがいの手荒な真似《まね》もしているようですね。そのせいか男の愛人っていう妙な立場なのに、新藤の舎弟たちからはかなり信頼されてるようです。可愛い顔してるけどクソ生意気で、やたらと威勢のいいガキですよ」

新藤と瀬名の関係に気をとられている場合ではない。上條は頭を仕事モードに切り換え、再び捜査資料に目をやった。

「……ん？　原田課長、ここの記述ですが」

上條が指差した部分に目をやり、原田は「ああ、その車ですか」と頷いた。

「葉鳥が鈴村の部屋を訪問した日の深夜頃、鈴村のアパートの前に停《と》まっていたそうです。事件との関係性は不明ですが。――上條さん、どうかしました？」

険しい顔で黙り込んだ上條に、原田が怪訝な目を向けてきた。記述には車種不明の白いワゴン車とだけ書かれている。祥が見かけたのも白いワゴン車だ。これも偶然なのか？

「課長！　鈴村克哉の件、マル目、出ましたっ」

若い捜査員が組対課のフロアに飛び込んできた。原田が「なんだとっ」と叫び、捜査員に詰め寄った。目撃者が現れたと聞いて、上條も話を聞くために立ち上がる。

「鈴村が失踪したと思われる十日の夜、部屋を尋ねる若い男の姿が目撃されていました」

「アパートの住人には、もう何度も話を聞いたはずだ。どうして今頃になって？」

「鈴村と同じ階の住人で、寺島恵子《てらしまけいこ》という女性がいます」

原田は合点がいったのか、「ああ。あの、ずっと留守にしていた住人か」と手を打った。

「はい。寺島さんは海外旅行に出かけるため、十一日の早朝に家を出てしまい、今日になって帰国したそうです。で、話を伺ったら、十日の夜に鈴村の部屋の前に立つ、若い男の姿を見かけたと言うんです。軽く会釈して通り過ぎただけなので、顔ははっきりとはわからないそうですが、ほっそりした体型の髪の短い男で、黒縁の眼鏡をかけていたということです」

それを聞いて全身に鳥肌が立った。ヒカルが見た男の外見と、まるっきり同じではないか。

これはもう間違いない。車と男の外見が一致しているのだ。同一犯の犯行だ。

「原田課長。三沢の事件でも、似たような男が現場で目撃されています。それに白いワゴン車も。犯人は連続殺人を匂わすメッセージを残しているんです。鈴村の失踪にも関与している可能性が出てきました」

「なんだって……？　ということは、犯人は鈴村をさらって、三沢と同じように餓死させようとしているって言うんですか？」

上條が大きく頷くと、原田は「なんてこった」と頭を抱えた。

「一刻も早く見つけ出さないと、手遅れになる……」

会議の結果、捜査本部はふたつの事件を同一犯の犯行と断定した。寺島恵子の証言を得られたことから、祥の証言の信憑性が認められたのだ。

さっそく捜査の一元化が図られ、三沢の事件を担当する捜査本部に、鈴村の行方を捜す組対課が組み込まれる形となった。

「おい、上條」

欠伸《あくび》をしながら廊下の自販機で缶コーヒーを買っていると、佐目《さめ》に声をかけられた。

「やったじゃないか。大手柄だな。これで何か進展があるかもしれんぞ」

「だといいんですけど」

同級生という繋がり以外で、三沢と鈴村に特別な接点が見つかれば、捜査は一気に山場を迎えることになるだろう。しかし今のところ、まだ何もわかっていない。

無差別なはずはない。犯人は明確な意図があって、あのふたりを襲ったのだ。だとしたら、ふたりの見えない接点に絞って捜査していくしかないだろう。

鈴村がどこかで餓死しかかっているという状況に、捜査員たちは強い焦りを感じている。三沢は行方がわからなくなってから、約一か月後に絶命したが、鈴村も同じとは限らないのだ。犯人の気持ち次第で、死期はいくらでも早くできる。

「しかし、このことがマスコミに漏れたら大騒動だろうな」

「でしょうね。ただでさえ、興味本位の報道が増えているし」

三沢の遺体の一部が切断されていることは、当初から報道されていたが、警察は部位についての発表を控えていた。犯人しか知り得ない事実は、容疑者が逮捕された時の取り調べで重要な決め手となる。

ところがどこから漏れたのか、犯人が切り取った部位は性器だったと一部の週刊誌が報じたことから、またもやマスコミが興味本位に騒ぎ出した。

そんなところに第二の被害者が出たという情報が漏洩したら、火に油を注ぐ結果になるのは目に見えている。犯人を刺激しないためにも、それだけは避けたかった。

7

「赤松《あかまつ》くん、あのゲーム大好きだもんね。僕はそこまでやり込んでないから評価は保留かな」

真宮《まみや》祥《しょう》はコンビニを出てからずっと携帯電話を耳に押し当て、楽しげに会話をしている。すっかり話に夢中で、周囲に気を配る様子もない。

――そんなんだと、危ないお兄さんたちにぶつかって、いちゃもんつけられちゃうよ。

ひとけのない路地を歩いていく祥の華奢《きゃしゃ》な背中に向かって、葉鳥《はとり》が心の中で話しかけたその時だった。路地の角からいかにも筋者といった風情《ふぜい》の、人相も柄も悪いふたり連れが現れた。

男たちは祥の前方に立ちはだかると、明らかに自分から肩をぶつけにいった。祥はよほど驚いたのか、ぶつかったショックで女の子のように「きゃっ」と叫んだ。

「あ、す、すみませんっ」

あーあー、と葉鳥は顔をしかめた。なんでもかんでも謝ったら駄目だよ、子猫ちゃん。つけいる隙《すき》を自分から与えているようなもんじゃねぇの。

案の定、男のひとりが祥の胸ぐらを摑《つか》んだ。

「すみませんじゃねぇよ。俺は肩が弱いんだ。ちょっとぶつけただけで脱臼《だっきゅう》しちまうもんだから、今ので肩が外れた。どうしてくれるんだよ？　ええ？」

どう考えても嘘だろうと思える出任せを言った男に、祥はまたもや「すみません。大丈夫ですか？」と声をかけた。素直もここまでくると天晴れだ。

もうひとりの男が祥の携帯を拾い上げ、通話を勝手に切った。赤松くんとやらは、きっと電話の向こうで何が起こったのかと驚いているだろう。

「病院に行かなくちゃいけねぇから、金を出してくれ。三万ほどでいいからよ」

「え、そ、そんなに持っていません」

「持ってないで済むかよっ。財布出せ、財布っ」

ドスの効いた声で怒鳴られ、祥は身体をビクッと竦《すく》ませた。身体が小刻みに震えている。ああ、こりゃもう限界だな、と判断した葉鳥は、背後から「やめなよ」と声を張り上げた。

「いい年した大人が子供を脅して、恥ずかしくないの？　俺は見ててすげぇ恥ずかしいわ」

葉鳥がゆっくり近づいていくと、男たちは「なんだ、お前は」と凄《すご》んできた。

「ただの通りすがりでーす。おっさん、その子の携帯、返してやんなよ」

「黙れっ。関係ない奴はすっこんでろ！」

伸びてきた腕を叩《たた》き落とし、そのまま逆手に掴み上げる。腕を捻《ひね》られた男は、背後から葉鳥に拘束されたまま、苦悶《くもん》の声を上げた。

もうひとりの男が「この野郎っ」と叫んで襲いかかってきた。葉鳥はふたりの男を相手に、しばらく派手な立ち回りを演じ、最後は携帯を奪い返して男たちを追い払った。すべて打ち合わせ通りだったが、くだらない猿芝居があまりに可笑《おか》しくて、何度も笑いそうになった。

「はい。携帯」

さりげなく電源を切ってから差し出すと、祥は何も気づかずコートのポケットに入れた。

「あ、ありがとうございました。本当に助かりました」

いやいや、と笑って前髪をかき上げると、祥は葉鳥の手を見て「あ」と瞠目《どうもく》した。

「怪我《けが》をしてます。大丈夫ですかっ？」

右手の甲が派手に擦《す》りむけて血が滲《にじ》んでいた。実は今の乱闘で負傷したのではなく、事前に壁に手を叩きつけて、自分でこしらえた怪我だった。

「え？　ああ、これくらい平気。たいしたことないよ。……あれ、君、どっかで見た顔だな。

ああ、思い出した。深川南署《ふかがわみなみ》で会った子だ。俺のこと覚えてる？」

祥は葉鳥のことを思い出したのか、嬉《うれ》しそうな表情で「あ、はい。覚えてます」と頷《うなず》いた。

「智秋《ちあき》の従兄弟《いとこ》の方と、一緒にいた人ですよね？」

「そうそう。智秋って瀬名《せな》さんの下の名前だっけ？　俺が一緒にいた瀬名さんの従兄弟は新藤《しんどう》さん。で、俺は新藤さんの友達で葉鳥忍《しのぶ》っていうんだ。君の名前も教えてくれる？」

「はい。僕は真宮祥といいます。……あの、うちすぐそこなんで、よかったら寄っていきませんか？　怪我の手当てをさせてください。早く消毒したほうがいいです」

「ええ？　でもいきなりお邪魔したら、家の人がびっくりするだろ」

口先で遠慮しながら、胸の中で計算通りだとほくそ笑む。

「大丈夫です。僕、智秋と一緒に住んでるんですけど、智秋は今、出かけていて家には誰もいないんです」だから遠慮しないで来てください」

それもリサーチ済みだ。葉鳥は「そう？　悪いね」と微笑《ほほえ》み、祥と一緒に歩きだした。何もかも予定通りだった。

素晴らしいことに、餓死死体の捜査本部に最高のカモがいた。賭博《とばく》の借金がある刑事で、これ幸いとちょっとばかし本気で脅したら、呆気《あっけ》なく捜査内容を漏らしてくれた。

鈴村《すずむら》の失踪と餓死した三沢《みさわ》の事件に、何か関係があるのではと踏んだ葉鳥の推理は、見事に当たっていた。犯人と思われる男と、犯行に使用された可能性のある車両の目撃情報が一致したというのだ。

驚いたことに三沢の死体を発見した少年は、犯人と会話までしたという。しかしその少年には精神疾患があるため、証言の内容が曖昧《あいまい》だったりして捜査本部も手を焼いているらしい。

いろいろ不確定な部分はあるものの、鈴村はどこかに監禁され、三沢と同じように餓死させられそうになっているというのが、捜査本部の見解だった。

葉鳥は冗談じゃねぇ、と憤った。もし鈴村がそんなわけのわからない殺され方をしたら、森《もり》崎大二郎《さきだいじろう》がどれだけ激怒するか目に見えている。森崎が梁川組《やながわぐみ》に嚙《か》みつけば、梁川組は東誠会《とうせいかい》を責め、東誠会は新藤に責任を負わそうとするだろう。

跡目相続の問題がある今、新藤の株を下げるような事態は絶対に避けたい。葉鳥は目撃者の少年と直接会って、犯人のことを聞き出そうと考えた。薄々、予想はしていたが、調べてみたら目撃者の少年というのは、瀬名が連れていたあの少年だとわかった。そこでひと芝居打って、ふたりきりになれるように仕組んだのだ。

葉鳥はこれ以上ないというほどのフレンドリーな態度で、祥にいろいろ話しかけた。祥も危ないところを助けられたうえ、瀬名の従兄弟の友達とあってか、すっかり安心しきっている。

警戒されない程度に根掘り葉掘り聞き出し、アメリカに住んでいた祥が日本に戻ってきた理由も、瀬名との関係がどういうものかも大体わかった。おかげで洒落《しゃれ》たデザインの高級そうなマンションの一室に案内され、リビングのソファに腰を落ち着けた頃には、すっかり打ち解けた雰囲気になっていた。

「そうか。祥はアメリカ育ちなのか。格好いいな。俺なんて中学もろくに出てないから、英語どころか日本語も怪しいのに」

「病気でもしていたんですか？」

キッチンからコーヒーを運んできた祥が、不思議そうな顔をする。

「うん、まあそんなとこ。コーヒー、ありがとう。いただきます」

実際はただの不登校だ。学校という狭い檻《おり》は、葉鳥にはあまりにも窮屈すぎた。中二の途中で登校をいっさいやめてしまったが、飲んだくれのろくでもない母親という名の女は、子供が学校に行こうが行くまいがどうでもいいらしく、注意をされた覚えもない。

生きていく上で必要な知恵は、すべて夜の街で学んだ。時に痛い目を見て、時に騙《だま》され、時に騙して、駆け引きを身体で覚え、人の汚さを知るほど自分の汚さも思い知った。

祥は十七歳にしては随分とあどけない。それが病気のせいなのか、苦労知らずで育ったお坊ちゃんだからなのか知らないが、自分とはえらい違いだと皮肉ではなく単純に感心した。

俺が十七の時は、しょうもない男に騙され薬漬《くすりづ》けにされていたっけな、と懐かしく思い出す。あの時期は最低の自分の人生の中でも、間違いなく底の底だった。今こうやって普通に生きていられるのは奇蹟《きせき》だと思う。そしてその奇蹟は、新藤によってもたらされたのだ。それだけは間違いない。

「消毒しますね。手を出してください」

祥が救急箱を持ってきて、葉鳥の手をそっと握った。女の子のように柔らかい手だ。手当てを任せたのはいいが、消毒液を床に飛ばすわ、コットンを何度も落とすわで、手つきがたどたどしいことこのうえない。

不器用な奴だと呆《あき》れたが、一生懸命な姿は微笑ましくもあった。この善良そうな少年を、これから脅さなくてはいけないのかと思ったら、わくわくしてきた。

「はい。できました。……なんだか包帯が不格好ですみません」

葉鳥は「全然。ありがとう」と爽《さわ》やかに笑い、残りのコーヒーを飲み干した。

「ところで、ちょっと前に餓死死体が発見された事件があったよね。上條《かみじょう》さんに聞いたんだけど、祥が死体の第一発見者なんだって?」

それまでにこやかだった祥の顔が、一瞬で強《こわ》ばった。

「その時に祥は犯人の顔を見たんだろ? すごいよね。そいつ、どんな人間だった?」

「……知りません」

祥は膝《ひざ》の上に載せた手を、ギュッと握り込んだ。よほど緊張しているのだろう。

「知らない? 知らないはずないだろう。もったいぶらずに教えてよ。俺、あの事件にすごく興味があるんだ」

「本当に僕は何も知らないんです。……あの、コーヒーのお代わり淹れてきますね」

祥が逃げるように立ち上がった。葉鳥は素早く追いかけ、祥の腕を掴んだ。

「コーヒーなんていいからさ。犯人のこと教えてよ。ねえ、祥。知ってるんだろう？」

壁に祥の身体を押しつけ、両手首を掴んで頭上で縫い止めた。祥は抵抗も忘れて、怯《おび》えた表情で葉鳥を凝視している。掴んだ細い手首をグイッと捻ると、「痛いっ」と叫んだ。

「ああ、ごめん。痛かった？　でも祥がいけないんだ。強情なんて張るから。いい子にしてたら、痛い思いなんてしなくて済む。知ってること全部教えてくれたら、すぐに帰るよ」

葉鳥は呆然《ぼうぜん》としている祥の額に自分の額を強く押し当て、「早く」と囁《ささや》いた。

「俺って焦《じ》らされると興奮しちゃう質《たち》なんだ。だから早く言わないと犯しちゃうよ？」

祥の腰に自分の腰を擦《こす》りつける。祥は息を呑《の》んで激しく首を振った。もちろん本気ではない。葉鳥の趣味も多分に入ってはいるが、あくまでも怖がらせるための手段だ。

葉鳥が擦りつけた腰をいやらしくくねらせると、祥の身体がガタガタと震え始めた。そんなに怖いなら、とっとと吐けばいいのにと思ったその時、祥の首がガクッと折れた。恐怖で失神したのか、どれだけ繊細なんだこいつは、と驚いていると、祥がゆっくりと顔を上げた。

ホッとしたのも束《つか》の間《ま》、祥の異変に気づいた。さっきまで本気で怯えていたのに、今は上目遣いで葉鳥を激しくにらみつけている。まるで別人だ。

「何？　その目は。怒ったの？　可愛い子猫ちゃん」

指先で顎《あご》を撫《な》でたら、腕ごと思いきり叩き落とされた。ものすごい剣幕だ。

「おいおい。いい度胸じゃないの。急に強気になっちゃって、どうしたのよ？」

「うるせぇっ。お前は何者だ？　嘘ばっかりついてんじゃねぇぞっ」

面白いほど威勢がいい。虚勢を張っているという感じはなく、本当に鼻っ柱が強そうに見えた。ここまで性格が急に変わる人間も珍しいな、二重人格かよ、と思ってから、葉鳥はもしかしてと考えた。祥の精神疾患というのはこれなのか。

「お前、まさかあれか。解離性同一性障害ってやつじゃないの？」

祥の眉間《みけん》のシワが悔しそうにグッと深くなった。言い当てられたのが気に入らないらしい。

「へー。そうなんだ。じゃあ、何。お前は祥とは違う人間なわけ？　名前とかあるの？」

「俺のことはどうでもいい。それより祥のことを誰に聞いた？　上條じゃねぇだろ」

「どうして上條さんじゃないって思うんだ。あいつ、あの事件の担当だろ」

葉鳥がせせら笑うと、祥は自信ありげに言いきった。

「上條は気に食わない野郎だけど、捜査内容を無関係の人間にベラベラ喋《しゃべ》るような奴じゃない」

「あらら。上條さん、信頼されてるねぇ。今頃、感激して草葉の陰で泣いてるかも。……さて、無駄なお喋りはやめにして、犯人のこと早く教えてくれよ。お前と遊ぶのは面白そうだけど、

こっちも時間がないんだよ」

「嫌だね。お前なんかに教えてやるもんか」

ああ、面倒くさい子、と嘆息し、葉鳥は迷うことなく祥の細い首を摑んだ。

「あ……っ、く……っ」

喉仏《のどぼとけ》を圧迫された祥が、顔を激しく歪《ゆが》ませる。白い頬《ほお》は見る見るうちに赤く染まった。

「俺は常識のない男なんだ。ガキでも容赦する気はないから、あんまり怒らせるなよ。犯人はどんな男だった？　話をしたんだろ？　早く吐けって」

「……知ら、な……、俺は、話して、ない……っ」

「嘘つけ。ネタは挙がってんだよ。お前が犯人と——」

「何をしているんだっ」

刃物のように鋭い声が背後から飛んできた。振り返ると、黒いコートを着た瀬名智秋が立っていた。走ってきたのか、ひどく息を切らしている。乱れた前髪が幾筋か額にはらりと落ちていて、それがやけにセクシーに見えた。

慌てる姿まで色っぽいってどうなのよ。反則だろ。そんな悪態をつきながら、近づいてくる瀬名を冷ややかに見つめた。眼鏡《めがね》の奥の厳しい目は、葉鳥を見据えたまま瞬きもしない。

「祥から離れなさい。君は隆征《たかゆき》さんと一緒にいた子だね。なぜここにいる？」

「……隆征さん、ねぇ。ま、いいけどさ」

葉鳥の独り言に瀬名は怪訝《けげん》な表情を浮かべた。

「ああ、いいいい。こっちの話。俺は葉鳥忍っていいます。ええと、なんだっけ。どうしてここにいるのかだっけ？　それは祥くんに、ご招待されたからですよ」

「違う。祥は騙されたんだ」

祥がかすれた声で話に割り込んできた。

「こいつ、自分の仲間に祥を襲わせて助けたんだ。自作自演だよ。祥は自分のために怪我をしたこいつを放っておけなくて、部屋で手当てしたいって言い出した。俺は怪しいから駄目だって言ったのに、聞きもしないでさ」

そこまで一気に喋ってから、祥は激しく咳《せ》き込みだした。瀬名が慌てて駆けより、祥の背中をさすってやる。

葉鳥は感心した。最初の人格と違って、こちらの人格はなかなか勘がいい。

「ヒカル、大丈夫か？」

「……智秋、どうして帰ってきたんだ？　遅くなるって言ってたのに」

「祥に何かあったかもしれないと、赤松くんが電話をくれたんだ。それで急いで戻ってきた」

「ふうん。そいつ、ヒカルっていうんだ。なかなか根性があっていいよ。うん。俺は可愛《かわい》い子ちゃんの祥くんのほうが好きだけどさ。あの子、苛《いじ》め甲斐《がい》があるよね」

瀬名は葉鳥を振り返った。突き刺すような瞳だ。

「何が目的でこんなことをしたんだ」

「餓死死体の事件で、ちょっとばかし聞きたいことがあったんだよ。ホントそれだけ」

「隆征さんの指示なのか？　あの人がこんな真似《まね》をしろと言ったのか？」

一瞬、そうだよと言ってやりたくなったが、新藤の名誉のためにも嘘はつけなかった。

「新藤さんは知らないよ。全部、俺の一存だ」

「君はあの人のなんだ。組織の人間なのか？　それにしては随分と若いようだが」

柄は悪くてもヤクザには見えないらしい。迫力が足りないのか、洗練されすぎた垢抜《あかぬ》けた雰囲気がいけないのかと、我が身を振り返る。後者だな、と決めつけてにっこり笑った。

「俺？　俺は新藤さんの愛人」

瀬名の目に隠しきれない動揺が走った。ああ、やっぱりな、と思った。ふたりはただの従兄弟同士なんかじゃない。

「愛人稼業も五年目になると、やることが多くて大変なんだよね。ベッドの中でしなつくって可愛い子ぶってるだけじゃあ、いつ捨てられるかわかんないしさ。ま、何はともあれ、あんたの大事な祥くんを苛めたことは謝るよ。じゃあな、ヒカル。また会おうぜ」

片手を上げて挨拶《あいさつ》すると、ヒカルは「二度と会うかっ」と眉尻《まゆじり》を吊《つ》り上げた。

「ん……」

腰の動きに合わせてベッドが軋《きし》む。浅く動けば小さく、深く激しく動けば大きく。その音の強弱を楽しむように、葉鳥は新藤に跨《また》がって自在に腰をくねらせた。

新藤は快感を追い求める葉鳥の痴態を、ただじっと見上げている。その翳《かげ》りのある瞳は醒《さ》めているようでもあり、静かな興奮を宿しているようでもあり、新藤という男の謎めいた内面そのもののようだと思う。

もしかしたら新藤は、セックスがそれほど好きではないのかもしれない。明確な根拠はないが、時々そんなふうに思ってしまうのは、セックスの最中に新藤が本気で興奮する姿を、一度も見たことがないからだろう。

葉鳥はセックスが好きだ。積極的に相手を貪《むさぼ》るのも楽しいし、相手に主導権を明け渡して受け身になるのもいい。相手が望むなら縛られて身動きが取れない状態で、ラブドールのように好き勝手に欲望のまま扱われるのもまた一興だ。

セックスは五感をフルに使う。見て聞いて触れて舐《な》めて嗅《か》いで、それらすべての感覚が寄り集まって、次第に大きな興奮へと繋がっていく。葉鳥の好きな「俺って今、生きてるよな」の感覚を存分に満喫できる行為だ。結局のところ、痛みと快感は紙一重でしかない気がする。

「忍……」

鼓膜が恥ずかしがって身震いするような魅惑的な声で呼ばれ、葉鳥は目を開けた。新藤は葉鳥と視線を絡めたまま、自分の腰を挟み込んでいる葉鳥の太腿《ふともも》を優しく撫でた。それだけのことで背筋に甘い痺《しび》れが走って、今にも息が止まりそうになる。

新藤が触れた場所には、赤い薔薇《ばら》のタトゥが彫り込まれている。新藤の好きな花が深紅の薔薇だと知り、三年ほど前に自分の健気《けなげ》さに酔いしれるために彫ったのだ。

葉鳥のタトゥを見て、新藤はいいとも悪いとも言わなかったが、ひそかに気に入ってくれたのかもしれない。その証拠にセックスの時には必ずそこを撫でてくれるようになった。いつしかそこは自然と葉鳥の性感帯へと変化した。

「ねえ。もう達《い》ってもいい……?」

かすれた声で尋ねると、新藤は頷いて葉鳥の雄を握り込んだ。大きな手ですべてを包み込まれる感覚に、思わず甘い吐息がこぼれる。

葉鳥が腰を深くグラインドさせると、新藤の手もそれに合わせて動きだした。すぐにあらたな先走りの雫《しずく》があふれてきて、新藤の長い指を淫《みだ》らに濡《ぬ》らしていく。

「あ……ん、はぁ……、いい、もう……っ」

上り詰めていく快感に溺《おぼ》れながら、葉鳥は上体を後ろに大きく反らし、身体を支えるため背後に手をついた。そうするといっそう結合が深くなり、自分の内側には新藤しか存在していないかのような、幸せな錯覚に包まれる。

「ん、あ、駄目、達くよ……、新藤さん、もっと、して……っ」

葉鳥の訴えに応《こた》えるように、新藤の手の動きが速くなった。後ろも前も気持ちよすぎて、意識が遠のきそうになる。葉鳥は仰《の》け反《ぞ》ったまま身体を震わせ、甘い譫言《うわごと》をとめどなくこぼしながら絶頂を極めた。

葉鳥が達したのを認めてから新藤も自身を解き放った。オーガズムの余韻を味わう葉鳥の耳に、新藤の低いうめき声が届く。

上体を元に戻すと、新藤は眉根を寄せて目を閉じていた。達く時の新藤の顔が好きだ。たまらなくセクシーでそそられる。葉鳥は我慢できず、前屈みになって新藤の唇を奪った。

新藤の舌を絡め取り、思う存分に味わってから最後に軽く歯を立ててやった。新藤は軽く眉を寄せただけで、葉鳥の悪戯《いたずら》を怒りもしない。子供の我《わ》が儘《まま》に、いちいち目くじらを立てても仕方がないとでも思っているのだろう。

「……お前。右耳のピアスはどうした？」

新藤が葉鳥の髪の毛をかき上げながら言った。

「え?」

慌てて起き上がって耳朶《じだ》に手をやった。本当にない。いつもつけているダイヤのピアスが、片方だけ消えている。ダイヤといってもキュービックジルコニアなので、一万円もしなかった安物だが、葉鳥がいつも好んで身につけている代物だ。

「やってる最中に取れたのかな?」

「いや。多分、帰って来た時にはもうなかったと思う」

新藤はそう指摘して身体を起こすと、サイドテーブルに置いてあった煙草《たばこ》に手を伸ばした。

「嘘。なんで教えてくれなかったんだよ」

いつ落としたのだろう。瀬名のマンションか、それともひと芝居打って暴れた時だろうか。必死で記憶を辿《たど》っていると、新藤が煙草に火をつけながら言った。

「イミテーションなんだろう? だったらどうでもいいじゃないか。本物のダイヤなら、俺がいくらでも買ってやるぞ」

「まあ嬉《うれ》しい。そんなこと言われると、お妾《めかけ》さん気分倍増よ」

顔の横で両手を合わせて首を傾けると、新藤は短く息を吐いた。

「俺は独身だぞ。美津香《みづか》が生きていた頃ならともかく、今のお前は妾でも愛人でもない」

葉鳥が自分を愛人と卑下することを、新藤は嫌がっている。わかっていても、やはり自分は愛人の分際なのだと、葉鳥はあえて思いたいのだ。

「奥さんがいるいないの問題じゃなくて、気分の問題だよ。愛人って響き、なんかエロい感じがして好きなんだ。俺に似合うでしょ？」

新藤は何も言わずに煙草の煙をくゆらせた。その目は、この頑固者と言っているようだ。

「ところでさ。今日、あの人に会ったよ。あんたの従兄弟の、瀬名智秋」

「智秋に……？　どうしてだ」

怪訝《けげん》な顔はしているが、予想したほどの動揺は感じられなかった。揺れる気持ちを見せてくれたって別に構わないのに、とつまらなく思う。もちろん見せたら見せたで腹は立つのだが。

「瀬名と一緒にいた子が、例の餓死死体を発見した少年だったんだ」

「犯人と会話をしたという、あの子供か……？」

「うん。真宮祥っていうんだけど、瀬名さんとはアメリカで親しくしてたみたい」

祥の来日の理由や病気のこと、それに瀬名との関係など、今日わかったことを手短に説明すると、新藤は「厄介な子供だな」と感想を漏らした。

「ホント、すげぇ厄介だよ。でもまあ、また接触してみる。……ああ、それと。瀬名さんに新藤さんとどういう関係か聞かれたら、愛人だって言っておいた。もしかしてまずかった？」

葉鳥は笑いながらも、挑むような眼差しで新藤を見た。新藤は葉鳥の挑発にはまったく反応せず、煙草を灰皿に押しつけながら「別に問題はない」と素っ気なく答えた。

「そう。よかった。俺、シャワー浴びてくるよ」

床に落ちていたバスローブを羽織り、腰ひもを結びながら「ねえ」と新藤を振り返る。

「俺なんかが本物のダイヤを身につけても、豚に真珠って感じだけど、あの人だったら、すごく似合いそうだよね。俺とは何もかもが正反対って感じ」

新藤はあからさまに眉をひそめた。

「どうしたんだ。他人と自分を比べるなんて、お前らしくないぞ」

「そうかな。俺ってこう見えてコンプレックスの塊だから、内心じゃいつも他人のこと妬《ねた》んでるよ。俺が手に入れられないものを持ってる人間は、みんな憎らしい。……なーんてね」

葉鳥はおどけた笑いを浮かべ、寝室を出た。浴室に向かう途中、葉奈の部屋をそっと覗《のぞ》いてみる。ぬいぐるみだらけの部屋で、葉奈は安らかな寝息を立てて眠っていた。

新藤と出会った時、葉鳥は十八歳だった。利用しているつもりだった男にいつしか利用され、気がつけば薬物を教え込まされて立派なジャンキーになっていた。男は汚い手を使って東誠会のシマを荒らしたため、新藤に容赦ない制裁を加えられた。

新藤は男の部屋で、涎《よだれ》を垂らしてヘラヘラ笑っていた見ず知らずの少年を連れ帰り、すぐさま薬物依存症リハビリ施設に入院させた。なぜかは知らない。理由を聞いても、ただの気まぐれだったとしか新藤は答えないからだ。

禁断症状にのたうち回る時期が地獄なら、薬物が体内から抜けていく離脱期の妄想や幻覚もまた地獄だった。何度も生き地獄を味わって施設を出た葉鳥は、その足で新藤を訪ねた。

あんたのために働きたいと訴えると、新藤は「人手なら足りているが、愛人は足りてない。どうする？」と答えた。多分、面白がっていたのだろう。

男としての覚悟を踏みにじられ、これ以上の屈辱はないと思ったが、葉鳥はだったら愛人でもいいと答えた。男と寝ることには慣れていたし、どんな形でもいいから新藤の役に立ちたかったのだ。

新藤はまさか葉鳥がイエスと答えるとは思っていなかったらしく、あとから冗談だと訂正したが、葉鳥は聞く耳を持たなかった。

以来、五年間、新藤と寝食を共にしてきた。最初の一年はひどい扱いを受けた。試されていたのだろう。新藤は厄介なガキに懐かれて迷惑していたようだから、葉鳥が尻尾《しっぽ》を巻いて逃げだせばいいと思っていたはずだ。だが葉鳥は苛められるほど燃えるタイプだったので、むしろ新藤が冷たくするのは逆効果だった。

押しかけ愛人は根性でその座を勝ち取り、今もふんぞり返って居座り続けているというわけだ。今でこそ新藤も葉鳥を大事に扱っているが、邪魔だと思えばいつでも切り捨てるだろう。何年も葉鳥をそばに置いているのは、自分に対する忠誠心を買っているからであって、愛人の役割にはさほど重きを置いていない。それは実感としてわかる。

だから葉鳥は余計にムキになるのかもしれない。愛人としてもやるべきことはやる。新藤をいつだって満足させてやる。そういう妙な意気込みがある。馬鹿馬鹿しい気もするが、愛人という立場にいる以上、果たすべき義務はきちんと果たしたかった。

愛されてはいない。そんなことはわかっている。それなりに役立っているとは思うが、だからといって自分がいなくなって新藤が困るわけではない。それもよくわかっている。

わかっていても新藤のために働きたい。生きたい。この命を使いたい。心からそう願う気持ちが止まらないのだ。

新藤の心の中にたとえ別の誰かが住んでいたとしても、もうどこにも行けない自分を葉鳥は嫌と言うほど知っていた。

8

ヒカルの寝顔を眺めながら、瀬名は葉鳥忍の若い顔を思い出していた。

生意気で見るからに気の強そうな青年だったが、その不遜《ふそん》な雰囲気が不思議とさまになっていて、ある種の魅力さえ醸し出していた。

敵意のある目で新藤の愛人だと名乗られた時は、言葉にできないほどのショックを受けた。新藤にそういう相手がいたから驚いたのではない。そうではなく、葉鳥が新藤と瀬名の関係について知っているという事実に、衝撃を受けたのだ。

新藤はあの青年に話したのだろうか。かつてふたりが恋人同士だったことを。だとしたら、一体どんな気持ちで――。

瀬名は自嘲《じちょう》の溜《た》め息《いき》をついて、椅子《いす》から立ち上がった。灯《あか》りを消して祥の部屋を出ると、浴室でシャワーを浴びた。

皮膚がヒリヒリするほど熱い湯に打たれながら、今さらどうでもいいじゃないかと言い聞かせる。とっくの昔に終わった関係だ。そもそも、あの恋は間違いだった。

瀬名は幼い頃に父親を亡くし、ずっと母ひとり子ひとりで生きてきた。その母親も中三の時に病気で失った。

亡くなった父親には新藤義延《よしのぶ》という兄がいて、数えるほどしか会ったことはなかったが、誕生日にはいつも高価なプレゼントを贈られた。伯父が極道であることは薄々わかっていたが、瀬名にとってはあくまでも優しい親戚《しんせき》でしかなかった。

伯父は母親をなくした瀬名に、「うちに来なさい」と言ってくれた。他に身寄りがなかった瀬名はその申し出に縋《すが》りつくしかなく、伯父の家に引き取られることになった。

ヤクザなのはわかっていたが、伯父はただのヤクザではなかった。東誠会という大きな暴力団組織の二代目会長だったのだ。

組事務所の本部を兼ねた純和風の自宅は想像を超える豪邸で、瀬名は離れ家に部屋を与えられた。組関係者は母屋にしか出入りせず、離れ家で暮らしている限りはそこが暴力団組長の家だとは思えず、特別な環境を意識せずにいられたのは幸いだった。

当時、大学生だった新藤は、大学の近くにマンションを借りていたため、滅多に顔を合わすことはなかったのだが、瀬名が居候生活を始めて半年が過ぎた頃、突然、実家に戻ってきた。

新藤は無口でぶっきらぼうな青年だったが、瀬名には優しく接してくれたので、すぐに好意を持つようになった。大人ばかりの屋敷の中で、ずっと緊張しながら暮らしていた瀬名にとって、年が近い従兄弟の存在は、言葉にできないほど心強いものだった。

新藤とそういう関係になった最初のきっかけは、もしかしたら上條かもしれない。高校生活はどうかと問われるたび、瀬名は剣道部の先輩である上條の名前を口にした。上條は面白い先輩で面倒見もよく、そのうえ剣道も強かった。瀬名は上條のことを誰よりも慕っていたのだ。

確か一年の二学期が始まってすぐだったと思う。新藤の部屋に呼ばれて、レンタルしてきた洋画を一緒に見ていた。その時に何かの拍子で上條の名前を口にしたら、新藤が「そいつが好きなのか？」と真面目な顔で言い出した。

責めるような口調で言われ、意味がまったくわからなかった。先輩に好意を持ってはいけないのかと尋ねると、新藤はいきなり瀬名を抱き締め、妬《や》けるからそいつの話は聞きたくないと答えた。

新藤のことは好きだし、憧《あこが》れる気持ちもあったが、まさか恋愛対象として見られていたとは思いもせず、ただ戸惑うばかりだった。

しかし相手はひとつ屋根の下で暮らす従兄弟だ。日々、熱い視線に追いかけられ、夜な夜な熱心に口説かれているうち、瀬名も新藤を意識せずにはいられなくなった。新藤も瀬名が自分を憎からず思っていることは、わかっていたのだろう。告白から二か月後、瀬名は新藤に強引に求められ、拒みきれず関係を持ってしまった。

もともと、ゲイの素質はあった気がする。早くに父親を亡くしたせいか、年上の男性に憧れる傾向が強かったし、女の子にもあまり興味を持てなかった。だから新藤とそういう関係にならなくても、いずれは同性と恋愛をしていた可能性は高い。

新藤の情熱に引き摺られる形で、ふたりの秘密のつき合いは二年に及んだ。男同士で、従兄弟同士で、こんなことはいけないと思う気持ちは強くあったが、新藤の激しい愛情の前に、すべての悩みや不安は徐々にかき消されてしまった。いつしか瀬名も、新藤を信じてどこまでもついていこうと決心するまでになっていた。

それなのに若いふたりの恋は、ある日、突然に終わりを迎えた。新藤と瀬名が、実は腹違いの兄弟だという事実が発覚したのだ。

最初に新藤からその話を聞かされた時は、何かの間違いだと思った。母親と父親の新藤章雄《あきお》は内縁の夫婦関係だったが、章雄が瀬名を認知しているので、戸籍には瀬名の父親は章雄だと、ちゃんと記載されている。

しかしそれは嘘だったのだ。瀬名の母親は若い頃、東誠会二代目会長の新藤義延の愛人だった。ところが弟の章雄が兄の女に横恋慕し、結果的には奪い取ってしまった。その頃、母親のお腹に瀬名がいた。時期的に考えて明らかに義延の子供だったが、章雄は自分が父親になると決め、母親に瀬名を生ませたのだ。

すべてが衝撃だった。優しい伯父が実父だったことも、自分の母親が伯父の愛人だったことも、父と信じてきた相手が他人だったことも、そして新藤が血を分けた兄だったことも。

新藤は瀬名との関係を終わりにすると告げた。それはもう決定事項だった。兄弟だとわかった以上、その判断は正しい。頭ではそうわかっているのに、感情は納得しなかった。

手のひらを返したように自分を避けるようになった新藤を、瀬名は憎んだ。けれど憎めば憎むほど思慕は募り、次第に生きていることさえ苦しくなった。

愛していた男に一方的に捨てられたという悲しみを抱え、瀬名は逃げるように渡米した。そうでもしないと、新藤のことを忘れられないと思ったのだ。

渡米して四年が経ってから、一度だけ日本に帰ってきた。義延の妻、つまり新藤の母親が亡くなったためだ。居候中、伯母にはよくしてもらった。夫と夫の愛人の間にできた子供だと知っていただろうに、伯母は瀬名を一度も苛めたりしなかった。あくまでも甥《おい》として、優しく扱ってくれた。

そんな伯母の葬儀だったので、新藤に会いたくないという私情を必死で捨てて参列した。最初に他人行儀な挨拶を交わしただけで、あとはちらりとも自分を見ようとしない新藤に、瀬名は激しく打ちのめされた。

何も謝ってほしかったわけではない。ただひとこと、元気でやっているのかと優しく声をかけてくれれば十分だったのに、新藤はそれさえしてくれなかった。

かつてはあんなに愛してくれた人なのに、今はもう顔を見るのも嫌なほど疎《うと》まれている。徹底して避けられている。それがただただ悲しかった。

あれから十年が経ち、まさかあんな場所で再会するとは思いもしなかった。廊下ですれ違った時、最初は誰かまったくわからなかった。名前を呼ばれて、やっと気づいたほどだ。

大学生の頃、自分はヤクザになんてならないと言っていた新藤だったが、誰が見てももう立派な極道だった。変わったというより、自分の立場に相応《ふさわ》しい男に成長したのだな、とやるせなく思った。

新藤と会ったあとは、昔の苦しさを思い出してたまらなくなった。捨てられた悲しみは今もまだ胸の奥に、重い泥のように沈殿している。だから新藤のことを思い出すたび、心の古傷がシクシクと痛み、恨みがましい気持ちが蘇《よみがえ》ってきて精神が不安定になるのだ。

憎い。けれど憎しみだけではない。かつて愛した人だから、憎いと思う心の裏側には消しきれない思慕もある。

憎しみと愛情が表裏一体なのだとしたら、その両方を捨てられない限り、新藤のことも忘れられないのかもしれない。

浴室を出て、部屋着に着替えてひとりで酒を飲んでいると、インターホンが鳴った。こんな時間に訪ねてくるのは上條しかいない。溜め息をついて受話器を摑むと、モニターには案の定、上條の姿が映っていた。

「よう。お邪魔してもいいか？」

「祥なら眠っていますが」

「あ、そうなんだ。まあ、いいや。開けてくれ」

気楽な口調で上條が言う。いつ見ても呑気《のんき》そうな男だ。刑事というのは、もっと眼光が鋭く深刻な顔つきをしているものだと思っていたが、実際はそうでもないらしい。

「上條さん。今はお仕事中ですか。それともプライベートですか」

返事次第では帰ってもらおうと思っていたが、上條が「プライベートだよ」と答えたので自動ドアの鍵《かぎ》を開けた。それは瀬名が望んでいた返事だった。

「あれ。飲んでたのか？　いいな」

部屋に入ってきた上條は、瀬名が飲んでいたワインを見てニヤッと笑った。

「俺も飲ませてくれよ」

「いいですよ。そのつもりで、上條さんのグラスも用意してます」

新しいワイングラスに赤ワインをなみなみと注ぎ、それから上条のために用意したチーズとクラッカーの入った皿を押しやった。

「うん、美味《うま》い。このチーズいけるな。クラッカーに載せてもいいかも」

遠慮もなく食べるのはいいが、クラッカーの欠片《かけら》が口の端からポロポロとこぼれている。昔はこういう粗野なところも、男らしくて格好いいなんて思っていた気がするが、今は単にだらしなく見えるだけだ。

素材は悪くない。背も高いし足も長いし、身体だって筋肉質で引き締まっている。顔は人によって評価が分かれるだろうが、瀬名は男らしく整っていてハンサムだと思う。

だがいくら素材がよくてもあまりにも無頓着というか、もう少し自分を格好よく見せようという意識があってもいいのではないだろうか。ナルシストすぎる男は嫌いだが、多少の自惚《うぬぼ》れはあったほうが、男として魅力的に振る舞えるというものだ。

「お代わり」

口の端にクラッカーをつけた上条が、ご機嫌な顔でグラスを差し出してくる。口を拭《ふ》けと思いつつも、なんだか可笑しくなって唇がゆるみそうになった。昔からそうだった。おおらかな上条といると、瀬名の気持ちはすぐに解れた。

憧れの先輩というより、もっと身近に感じる大好きな先輩だった。尊敬はしていたが、上条のほうからどんどん距離を縮めてくれたので、友達のように接することができた。上條が部活にいた高一の頃は楽しかった。本当にあの頃、剣道部に行くのが嬉しくて仕方がなかった。

高校時代の多くの思い出は新藤に埋め尽くされてしまったが、新藤と関係を持つ以前の短い期間は、上條を中心に回っていたようが気がする。そういう意味では、初恋が上條だったというのも、まったくの嘘ではないだろう。

「……なんだ？　俺の顔に何かついてるのか？」

うっかり見つめてしまっていたらしい。瀬名はバツの悪さを誤魔化すため、無言で手を伸ばし、上條の口についたクラッカーを取ってやった。もちろん、本当に仕方のない人だ、という表情を浮かべながら。

上條は恥ずかしそうに「すまん」と頭を掻《か》いた。そういうところは素直で可愛いと思う。つい嫌みなことばかり言ってしまうのは、上條が嫌いだからではない。むしろ好きだからこその反発だった。自分でもレベルが低いと思うのだが、上條の前だとつい感情的になってしまう。

今の瀬名は外見も性格も、高校生の頃とはまるっきりの別人だ。自覚はあるので上條が落胆する気持ちはよくわかる。わかるが「変わったな」という目で見られるたび、強い苛立《いらだ》ちを覚えて仕方がないのだ。

瀬名は昔の自分が嫌いだ。女の子のような顔をして身体は細くて貧弱で、内向的な性格だったので他人と上手《うま》くつき合えなかった。けれどアメリカに行って瀬名は変わった。それは変わりたいと思い、必死で努力し続けた成果だった。

その変化を自分では好ましく思っているが、心の奥では美容整形を受けて顔をきれいにつくり直した女性のような、複雑な気持ちも感じていた。

何年も頑張って自分に自信が持てるようになったのに、上條は昔の瀬名のほうがよかったと思っている。それが悔しい。大金を払ってやっと最高の美しい顔になれた女性が、かつて好きだった男から、昔のブサイクな顔のほうがよかったと言われるようなものだ。その口惜しさたるや筆舌に尽くしがたい。長年の努力と苦労を否定されたも同然だった。

今の自分は、昔の自分とはもう違うのだという現実を突きつけたいがため、あえて上條の前で露悪的に振る舞ってしまう傾向はあったが、次第にそういう態度が快感になってきたのも事実だ。上條の戸惑う姿や、拗《す》ねたり怒ったり困ったりする姿を見て、楽しんでいる自分がいる。

アメリカ人のセフレを見られた夜、上條にキスしたのも、昔の自分とは違うことを思い知らせてやりたいという、くだらない意地の悪さからだった。驚いた上條が顔色を変えて、あたふたと飛び出していく姿を予想していたのに、意外にも上條が逃げださなかった。結果、意地悪のつもりが、やけに甘いキスになった。あれは完全に誤算だった。

アメリカで何人もの男とつき合い、自分の趣味は十分に知り尽くしているので、上條が好みのタイプでないことはわかっている。だからキッチンでキスされた時も驚きはしたが、何かを期待したり、それ以上を想像することはなかった。

上條は瀬名の態度に流されているだけで、ゲイではない。恋愛には発展しない相手だ。それでいいと思いながら、ほんの少しの寂しさを感じている貪欲《どんよく》な自分を反省しながら、瀬名はグラスにワインを注いだ。

「今日、葉鳥忍がうちに来ました」

「……葉鳥ってあの葉鳥が？　一体どうしてまた」

今日あった一件を話すと、上條の顔は途端に険しくなった。

「祥は大丈夫だったのか？」

「祥は引っ込んだままですが、ヒカルは少し興奮が強かったので、エリックに処方されていた睡眠薬を飲ませました。今はもうぐっすり休んでます。……教えてください。どうして彼があの事件に興味を示すのですか？」

「詳しいことは言えないが、餓死死体の犯人が、同じ犯行をくり返そうとしている可能性があるんだ。第二の被害者と見られている男は、葉鳥の知り合いだ」

「なるほど。彼は自力で犯人を捜そうとしているわけですか。それで祥に探りを入れてきた」

「ああ。……しかしあいつ、そんな情報をどこから仕入れやがったんだ?」

警察内部から情報が漏れていると考えるのが妥当だ。上條も口には出さないが同じことを考えているだろう。珍しく表情が怖い。

空になったグラスのワインを注ごうとしたら、手で遮られた。

「もういいよ。これ以上飲んだら、酔っぱらって家まで帰れなくなる」

それは嘘だ。上條はまだ全然酔っていない。事件のことを思い出して、悠長に飲んでる気分ではなくなったのだろう。

「つれないですね。もう少しつき合ってくださいよ。私はまだまだ飲みたい気分なんです」

「お前、俺が来る前から飲んでたんだろう? もしかしてこのボトル、二本目じゃないのか」

「ええ。いけませんか?」

上條が食べ散らかしたクラッカーの残りを手に取り、これみよがしに口に放り込む。チーズも押し込み一緒に咀嚼《そしゃく》してから、最後にワインで流し込んだ。

「ヤケ酒にヤケ食いみたいだな。何かあったのか?」

「別に何も。ただ飲みたいだけです。上條さんだって、そんな時があるでしょう? なんなら泊まっていけばどうです。帰りのことを気にしなくて済みますよ。どうせ帰ってもひとりなんでしょう?」

わざと嫌みな言い方をしたのに、上條は素直に「ああ、ひとりだな」と頷いた。

「どうして離婚されたんですか」

「……お前、直球すぎる」

上條は苦笑しながら自分のグラスにワインを入れた。また飲む気になったらしい。

「すみません。奥歯に物が挟まったような言い方は嫌いなんです」

「よくそんなんで、カウンセリングなんてできるな」

「仕事中はもちろん細心の注意を払ってますよ。上條さんに対するような態度でこの仕事をしていたら、三日で失業してしまいます」

上條は顔をしかめ、「俺への態度も、少しは注意を払えよ」とぼやいた。

「離婚に至った理由はいろいろあったと思うけど、俺が不妊治療に消極的だったのが一番の原因だろうな。嫁さんはすごく子供を欲しがっていたのに、俺は真剣に取り合わなかったんだ。そんなことしなくても、そのうちできるだろうって気軽に考えてたし、できなきゃできないで、夫婦ふたりで生きていくのもいいんじゃないかって思ってた」

思いがけずヘビーな答えが返ってきた。不妊は極めてデリケートな問題だ。

「別れた嫁さん、今度、再婚するんだって。この間、絵里《えり》から聞いてさ。……あ、絵里と嫁さん、友達同士なんだよ」

剣道部のマネージャーだった柴野《しばの》絵里の顔を思い出す。美人で姐御肌《あねごはだ》の絵里は、部員たちの憧れの存在だった。瀬名もよく面倒を見てもらったので感謝している。

「上條さん、柴野先輩と結婚すればよかったのに。あの人、しっかり者だからお似合いですよ」

「絵里と？　やめてくれよ。あいつのこと、今さら女として見れないって。それに絵里、今は年下の彼氏とつき合ってるよ」

「そうなんですか。残念ですね」

上條は「だから、全然残念じゃねぇって」とぼやいてワインを飲み干した。

静寂を破るのが怖いように、上條が小声で呟《つぶや》いた。瀬名は「何がです？」と首を傾けた。

「なんか変な感じだな」

「お前とこうやって話してると、高校時代の自分に戻った気分になる。時間はあれから十六年も流れてるっていうのにな」

何を当たり前のことを、と言いそうになったが、実は瀬名も同じように感じていた。上條と話していると、時々、あの頃に時間が戻ったような気になる。お互い、もうこんなに年を取ったのに、こんなに変わってしまったというのに、ふと何かの拍子に心だけが時間を遡《さかのぼ》って、高校生だった自分に還ってしまうのだ。

「最初の頃は、昔のお前と今のお前が一致しなかったけど、最近はそういうこともないから余計かな」

「……今の私だけ見てください。あの頃の自分は嫌いです」

上條は「そういうこと言うなよ」と寂しそうに笑った。

「今のお前も昔のお前も、同じひとりの人間じゃないか。性格や外見が変わっても、俺にとっては可愛い後輩の瀬名智秋だ」

「今はもう全然、可愛くないでしょう」

「そうでもない。最近、ツンツンしてるお前も可愛いと思うようになってきた」

あれだけ嫌みを言われて、可愛いなんてよく言える。けれど可愛いと言われて、悪い気はしなかった。

すっかり酔っぱらってしまった。上條と同じようなペースで飲んでいたら、自分の限界量を超えてしまったようだ。瀬名もかなり強いほうだが、上條には負けるかもしれない。

「おい。寝るんだったらベッドに行け」

正座してソファの背もたれに抱きつき、うとうとしていたら、上條に肩を揺さぶられた。

「嫌です。ここで寝ます。ベッドは上條さんが使っていいですよ」

動くのが億劫《おっくう》でそう答えたら、「ちっ」と舌打ちされた。とても気に食わない。

「どこで寝ようが私の勝手でしょう」

「だったら俺も勝手にするぞ」

上條はそう言うなり、瀬名の身体を抱き上げた。酔いが吹き飛ぶほど驚いた。

「お。結構、重いな」

「当たり前でしょう。下ろしてください」

「暴れるな。落とすだろ。酔っぱらいは大人しく運ばれてな」

酔っているので言い争うのも面倒になり、瀬名はもうどうにでもなれと抵抗を諦《あきら》めた。上條に抱えられたまま寝室に運ばれ、ベッドの上に下ろされる。

「ほら、布団の中に入れ。風邪引くだろう。ちゃんと肩まで被《かぶ》って」

羽毛布団の中に押し込まれ、瀬名は「子供みたいに扱わないでください」と文句を言った。

「酔っぱらいは子供と同じだよ。俺はソファで寝る。じゃあな」

背中を向けられ、咄嗟《とっさ》にワイシャツの袖を摑んでしまった。

「ん？　なんだ、吐きそうなのか？　洗面器、持ってくるか？」

「違います。そうじゃなくて。……眼鏡《めがね》、外してテーブルに置いてください」

上條は「なんだ、それ」と呆《あき》れたが、瀬名の顔から眼鏡を取ると、丁寧にフレームを畳んでナイトテーブルの上に置いた。

「置いたぞ。他にしてほしいことはあるのか？」

「……まだ行かないでください」

自分でもびっくりするほど弱々しい声が出て、気持ち悪くなった。恋人以外の男にしおらしく甘えるなんて、どうかしている。

上條は「いいけど」と答えて、ベッドの端に腰を下ろした。

「やっぱりいいです」

「なんで。いいって言ってるのに」

「だから、もういいですって」

「いいなんて言うなよ。もう座っちまっただろ」

子供の言い合いか、と可笑しくなった。上條も同じなのか、口もとを歪めている。

「なあ、ひとつ聞いてもいいか」

「なんですか」

上條は言いづらいのか「うん」と頷いたあと、意味もなく視線を泳がせた。

「お前、前に言っただろう。高校生の頃のことは思い出したくないって。あれってもしかして、新藤隆征が関係しているんじゃないのか」

離婚の原因を尋ねた瀬名に直球すぎると文句を言っておきながら、上条だってストレートの剛速球を投げつけてきた。しかも際どいコースでデッドボールすれすれだ。

「どうしてそう思うんですか」

「どうしてって言われてもな。お前、高校の時、東誠会会長の自宅に住んでいたんだろう？」

上条が知っていたとは思わず、少しびっくりした。瀬名の戸惑いに気づいた上条が、慌てて口を開いた。

「あ、いや、当時はまったく知らなかったんだ。この前、お前と再会したことを絵里に伝えたら、そういう話が出てきてびっくりしたよ」

なるほど、と心の中で頷いた。そういう情報を仕入れたところに、新藤と瀬名の意味ありげな再会シーンを見たものだから、上條はふたりの間に何かがあったと推測したのだろう。

「私と隆征さんの間で、一体何があったと思うんですか？」

上條がどこまで当たりをつけているのか知りたかったので、逆に問いかけた。上條は「俺が聞いてるんだろうが」とぼやいて、頭の後ろをかいた。

「じゃ、はっきり聞くよ。新藤とつき合っていたのか？」

「つき合ってませんよ。居候だったので、苛められていただけです。食事の時にお肉を横取りされたり、教科書に落書きされたり、靴に画鋲《がびょう》を入れられたりしました。思い出したくもない嫌な体験です」

「明らかに嘘だろ……」

上條はガクリとうなだれた。

「なんで嘘つくんだ。あいつとつき合っていたなら、つき合っていたでいいじゃないか。お前も新藤もゲイなんだろう？ 従兄弟同士でも好き合っていたなら、別に隠さなくても——」

「うるさい」

上條の口を手のひらで押さえ込んだ。いつもと逆のパターンだ。

「もう何も言わないでください。聞きたくありません」

上條は眉根を寄せて、瀬名の手首を摑んだ。口から手のひらを引きはがし、「あのな」と不服そうに言う。

「手で口を押さえるなんて、芸がないんじゃないのか？ 相手を黙らせたいなら、キスで唇を塞ぐくらいの芸当を見せろって言ったのは、どこの誰だよ」

「キスで上條さんの唇を塞ぐのはやぶさかではありませんが、頭を上げるのが億劫なんです」

ああ言えばこういう男だと、自分でも呆れる。上條も当然、呆れた顔つきだ。

「まあ、いいや。お前が言いたくないなら、もう聞かないよ。悪かったな」

子供の機嫌を取るように、上條に頭を撫でられた。その温《ぬく》もりが心地よくて、もっと触ってほしくなった。酔っている時くらい何を言ってもいいじゃないか、と自分を甘やかす。

「上條さん。私と二度もキスしたんだから、もしかしてセックスもできるんじゃないですか？」

上條は明らかに驚愕《きょうがく》していた。わかっていたが、やっぱりそこまで望める男ではない。けれど口にしてしまった以上、今さら引くのも嫌だった。

「私と寝てみませんか。新しい扉が開けるかもしれませんよ」

「そんなもん開かなくていい。お前はエッチが下手《へた》な男は嫌いなんだろう？」

「……上條さん、エッチが下手なんですか」

「お前が言ったんだろ、お前がっ」

そうだったかな、と記憶をさらったが、酔っているので思いだせない。大体、上條との会話は売り言葉に買い言葉が多いので、その時の気分次第なのだ。

「残念ですね。下手な人はお断りです……」

段々と眠くなってきた。瀬名は薄目を開けて、「じゃあ」と上條の腕を引っ張った。

「セックスはしなくていいですから、とりあえず隣で寝てください。人の温もりがあったほうが、よく眠れるんです」

普通に喋っているが、実は相当酔っている。でなければ上條に同衾《どうきん》を求めたりしない。上條もそれはよくわかっているのだろう。自分の腕を放そうとしない瀬名に、諦めの吐息をついた。

「わかったから、手を放せ」

摑んでいた腕を放すと、上條は「まったく、人を湯たんぽみたいに言うなよ」と文句を言いながらも、ベッドに横たわった。

「おい。向こう向け。向こう」

男同士で顔を突き合わせて眠るのは、さすがに気持ち悪いのだろう。瀬名は心の中で、これだからストレートの男は面倒くさい、と八つ当たりの悪態をつき、上條に背中を向けた。

すると背後から上條の腕が伸びてきて、布団ごと抱き締められた。思いがけない上條の行為に、瀬名は息を吞んだ。

「言っておくけどな。俺は絶対に、お前のセフレになんかならないからな」

ぶっきらぼうな言い方だったが、やけに心に染みた。言葉尻だけを捉《とら》えれば、自分はゲイじゃないと強調しているようにも聞こえるが、実際は違うとわかった。

友人だから、そういうつき合い方はしない。相手を軽んじるような扱いはしない。多分、上條はそういう意味で言ったのだろう。

「私だってあなたのことを、セフレになんてできませんよ」

上條は背後で、「わかってるよ」と不満げな声を出した。

「俺は好みのタイプじゃないんだろう？　それはもう聞き飽きた」

上條がタイプでないのは確かだが、そういう意味で言ったのではなかった。上條という男は、自分などがセフレにしていい人間ではない。そう思ったから言ったのだ。

伝わらなくても気にしない。どんな憎まれ口を叩いても、上條はそんなことで自分を嫌ったりしないとわかるからだ。

上條は不器用だけど優しい男だ。そのことは、初めて会った時から知っている。だから好きになった。十六年が過ぎても、優しい男は変わらずに優しい。

今夜は上條の温もりに甘えさせてもらおう。そう思い、瀬名は上條の腕の中で目を閉じた。

9

「どうぞ」

目の前にコーヒーカップを置かれ、上條はキリッとした顔つきで「どうも」と頭を下げた。

コーヒーを運んできたのは、清楚《せいそ》な雰囲気のきれいな女性だった。

女性が出ていってから、上條は声をひそめて尋ねた。

「今の人、美人だな。新藤の奥さんか？」

「違う。新藤さんの奥さんはもう亡くなってる。あれは通いの家政婦の瑤子《ようこ》さん。……鼻の下、伸びてるぜ」

そんなはずはないと思いつつも、表情を引き締める。向かいのソファに足を組んで座っていた葉鳥は、「ホント、勘弁してくんないかなぁ」とぼやいた。

「東誠会若頭《わかがしら》の自宅に、アポなしで来るなんて信じられないよ」

今日の葉鳥はあちこち破けたジーンズと、ざっくり編まれた黒いセーターを着ている。家でくつろいでいたところに、いきなり上條の訪問を受けたので、見るからに不機嫌そうだ。

二度と祥にちょっかいを出さないよう、葉鳥に釘《くぎ》を刺しておかなければ。そう思って住所を調べると新藤と同居していることがわかり、少し迷った。しかし上條は思い立ったら即行動しないと気持ち悪い性格なので、いきなり新藤のマンションを訪ねた。

「お互いさまだろうが。お前だってアポなしで祥を襲ったくせに」

上條が言い返すと、葉鳥は「なんのこと？」と首を傾けた。

「とぼけるな。全部聞いたぞ。つまらねぇ猿芝居、打ちやがって」

「やだな。そんな怖い顔しないでよ。ちょっとだけ脅したのは確かだけど、別にあの子に危害を加えようなんて、まったく思ってなかったんだからさ。俺的には丁重に扱ったつもりだよ」

確かに葉鳥が本気だったら、祥は無傷では済まなかっただろう。だが怪我をさせなかったからといって、葉鳥のやったことは見過ごせない。

「祥は確かに目撃者だが、犯人の人相はまったく覚えてない。わかっていたら、警察がとっくに似顔絵を作成してる」

「でも見たのは見たんだろう？」

「あの子が病気なのは知ってるだろう。ショックを受けたせいで、記憶の一部がなくなっているんだ。だからいくら問い詰めても無駄だぞ」

「ふうん」

葉鳥は疑わしそうな表情を浮かべたあと、考え込むように頭を回して首をポキッと鳴らした。

「……言われてみればあの子猫ちゃん、確かに口は硬かったよな」

「葉鳥。祥が目撃者だってことを誰から聞いたんだ」

「悪いけど、もう忘れちゃった。俺、記憶力、悪いんだよねぇ」

葉鳥は悪びれずに笑いかけてきた。ここで苛立って感情的になったら、葉鳥の思うつぼだ。どうせ口を割るとは思っていなかったので、それ以上の追及は諦めた。

「お前、犯人を捜してるみたいだが、新藤の命令なのか？」

「別に命令なんてされてないよ。祥に会いに行ったのも、俺の一存だし」

上條は事実だろうと踏んだ。瀬名の保護下にある少年を、新藤が襲わせるとは考えづらい。

「新藤のイロをやってるって本当なのか？」

「本当だよ。新藤さんのところに来て、もう五年になる。すごいと思わない？　この俺が東誠会次期会長候補のイロなんだから、たいした出世だよね。上條さんに説教されてた頃は、つまんねぇヤクザとか、街のゴミみたいなチンピラと関わって生きていたのにさ」

それは出世とは言わない。裏の世界により深く身を落としただけだ。しかし葉鳥にとって、向こう側の世界のほうが生きやすいのなら、本人にとっては成功なのかもしれなかった。

「どうして鈴村のことをそこまで気にかけるんだ。組織の問題だろう」

「鈴村の父親が誰か知ってるでしょ。そいつが息子を捜せってうるさくてさ。見つからなかったら、新藤さんが責任を押しつけられちゃうかもしんないんだよね。そういうの、俺としてはすごく困るわけ。惚《ほ》れた男には無傷で天下取ってもらいたいじゃないの、ねえ？」

責任問題に発展すると、それが跡目相続の障害になる可能性が出てくるというわけか。なかなか健気な心意気だと感心したが、いかんせんやり方が荒っぽすぎる。

「お前の事情はわかったが、警察の邪魔だけはするなよ。それと真宮祥には二度と手を出すな。もしまたあの子にちょっかい出したら、その時は俺も容赦しないぞ」

たまたまあの場所を通りかかったというだけで、祥は事件に巻き込まれてしまった。上條が無理やり巻き込んでいると言えなくもない。もし安定していた病状が悪化しているのだとすれば、それも上條のせいだ。責任を感じずにはいられない。だからせめて、これ以上の不安やストレスを祥に与えたくなかった。

「なになに、上條さん。珍しく真面目な顔しちゃって、もしかしてあの子に惚れたの？」

面白がるように言われ、本気でげんなりした。

「やめろ。俺はホモじゃない。女が好きなんだ。本当に本当に女が大好きなんだ」

そうだ。女がいいに決まってる。男にときめくなんて、絶対に間違っている。そんな今さらのことを必死で自分に言い聞かせてしまうのは、瀬名のせいだ。

あの夜の瀬名は様子がおかしかった。単に酔っていただけなのかもしれないが、妙に寂しそうで頼りなくて、どこか放っておけない雰囲気があった。

寝てみないかと誘われた時は死ぬほど驚いたが、酔っているので本気ではないとわかった。それより同衾を求めてきた瀬名に、愛《いと》おしさを感じてしまった。弱った姿を初めて見せてくれたことが、嬉しかったのかもしれない。

セックスは無理でも、せめて瀬名が求めている温もりだけでも与えてやれたらと思い、つい後ろから抱き締めてしまったのだが、思い返すと死ぬほど恥ずかしい。男相手によくあんな気《き》障《ざ》な真似《まね》ができたものだ。

けれど一番恥ずかしかったのは、翌日の朝だろう。目が覚めたら、いつの間にか瀬名と向かい合うような体勢で眠っていた。上條は朝の光が差し込むベッドの上で、すぐそばにある瀬名の顔に見とれた。寝ぼけていたとはいえ、たっぷり三分ほどはボーッと見つめていたと思う。薄く開いた唇が妙に色っぽくて、キスしたいなぁ、とまで思った。すでに二度もキスしているせいか、別にそれが悪いことだと思えず、願望のまま顔を近づけた。

唇が触れ合う寸前のところで、瀬名の瞼がピクッと動いた。そこでハッと我に返った。ごく自然に男にキスしそうになった自分が心底恐ろしくて、冷や汗がドッと出てきた。

ホモじゃない。ホモじゃない。俺は断じてホモじゃない。呪文《じゅもん》のようにくり返す。

「そんなに女好きを力説しなくても、別に襲ったりしないって。あ、でももし男と試してみたくなったら、俺に言ってよ。上條さんにはいろいろ世話になったから、サービスしてやるよ」

どこまで本気かわからないが、葉鳥はニヤニヤ笑ってウインクを飛ばしてきた。

「そんなサービスはいらん。一生いらん。……邪魔したな。とにかく祥には手を出すなよ」

「了解。なるべく気をつけます」

なるべくじゃねぇ、と心の中で悪態をついて部屋を出た。廊下を歩いていると、少し先の部屋のドアがバタンと開いた。

「瑤子ママ、できたよーっ」

画用紙を抱えて飛び出してきたのは、三歳くらいの可愛らしい女の子だった。両耳の上でくくった髪は天然パーマなのか、毛先がクルクルと巻いている。まるで人形のようだ。

女の子は上條を見て、ピタッと足を止めた。家の中に知らない男がいたので驚いたのだろう。目が会ったので屈み込んで「こんにちは」と声をかけると、女の子は上條の顔をジーッと見上げ、「だあれ？」と言った。つぶらな瞳がなんとも愛くるしい。

「葉奈《はな》。そのおじさんは俺のお客さんだよ」

葉鳥が女の子に近づき、頭を撫でた。

「忍ちゃんのお客さん？　お友達なの？」

無邪気な問いかけに、葉鳥は「そうそう。お友達」と笑い、葉奈を抱き上げた。

「上條さん。可愛いでしょ。葉奈っていうの。俺の娘――」

「え……っ？」

目を見開いて、葉鳥と葉奈の顔を見比べた。言われてみれば似ている気がする。だが信じたのも束の間、葉鳥はすぐに「冗談だよっ」と爆笑した。

「俺にこんな大きな子がいるわけないっしょ。この子は新藤さんの子供」

すっかり騙された。文句を言おうとしたところに、家政婦の瑤子が現れた。

「あらあら葉奈ちゃん。どうしたの？」

「お絵描きできたの！」

葉奈は元気に答え、瑤子に画用紙を差し出した。瑤子は優しく笑って、「じゃあ、お部屋でゆっくり見ましょうね」と葉奈から画用紙を受け取った。

その時、玄関のドアが開いて、この家の主の新藤が帰ってきた。葉奈は「パパだ！」と叫んで、葉鳥の腕の中で暴れた。葉鳥が「はいはい」と苦笑して葉奈を下ろす。

新藤は自分のところまで一目散に走ってきた娘を、軽々と片腕で抱き上げた。穏やかな顔で娘に頬ずりする姿は、どこにでもいる普通の父親だ。

「お帰りなさい。早かったね」

葉鳥が声をかけると新藤は小さく頷き、上條に視線を移した。別に凄んでいるわけでもないのに、見つめられると息苦しいほどの圧迫感がある。

「深川南署で、智秋と一緒にいた刑事さんですよね」

「はい。警視庁捜査一課の上條といいます。留守中に勝手に上がり込んで申し訳ありません。葉鳥に用があって、お邪魔していました」

新藤は「そうですか」と答え、靴を脱いで廊下に上がった。帰ってきたら自分の家に捜査一課の刑事がいたというのに、まったく驚いた様子もない。剛胆な男だ。

入れ替わるように玄関に下りて靴を履いていると、新藤が言った。

「つかぬことをお伺いしますが、上條さんはもしかして智秋と同じ高校でしたか？」

「はい。瀬名は剣道部の後輩ですが、それが何か？」

新藤はどこか興味深そうに上條を見下ろし、「やっぱり」と目を細めた。

「やっぱり……？」

「ああ、すみません。昔、智秋からよくあなたの噂を聞いていたものですから。とても面白い先輩だと言ってましたよ」

瀬名を恨みたくなった。よりによって、面白いはないだろう。格好いいとか、二枚目だとか、剣道が強いとか、他に言い様はいくらでもあったはずだ。

「智秋のこと、よろしくお願いします」

丁寧に一礼されて返事に困った。身内の新藤にそんなことを言われて、はい、わかりましたと言えるわけがない。上條はとりあえず曖昧《あいまい》に頭を下げ、新藤宅をあとにした。

ヤクザだが、よくできた男だと思った。東誠会若頭という立場は、親の七光りだけで手に入れた地位ではないのだろう。

男の愛人と自分の娘と三人で暮らすのは、子供の教育上、どうなのかと思わないでもないが、葉奈と接している時の葉鳥の態度は驚くほど自然体だった。あの悪ガキでもあんなふうに、子供を可愛がられるものなのかと感心した。葉奈もよく懐いているようだし、本人たちが幸せに暮らしているなら、他人がとやかく言うこともないだろう。

どんな形でも、子供は愛されて育つのが一番だ。実の親に虐待されて育った子供ほど、可哀相なものはない。

上條は祥の顔を思い浮かべ、できるだけあの子の力になってやりたいと強く思った。


時間だけがいたずらに過ぎていき、気がつけば桜の花が咲く時期になっていた。

捜査本部はふたつの事件の捜査に尽力したが、それに見合うだけの成果はいっこうに得られなかった。目撃情報は依然として集まらず、三沢と鈴村のそれぞれの交友関係に不審な点は見当たらず、さらには三沢と鈴村の関係においても、同級生という関係以外の繋がりはまったく見えてこない。

進展のない捜査に苛立つあまり、中にはふたつの事件はやはり無関係だったのではないかと言いだす捜査員も現れ、捜査本部は次第にまとまりを失いつつあった。

桜もほとんど散った頃、鈴村の行方がわからなくなってから、とうとう一か月が過ぎてしまった。鈴村の生存の可能性を考えると、非情に厳しい状況というより他なく、捜査に散っていく男たちも、心なしかいつもより重々しい顔つきになっていた。

その翌日、非番だった上條は夕方になってから、瀬名のマンションに向かった。途中、ケーキ屋に立ち寄ってイチゴのホールケーキを買い求めた。ケーキを丸ごと買うなんて、実は初めての体験で、なんとなく気恥ずかしくもあったが、今夜はこれがどうしても必要だった。

瀬名のマンションに到着すると、エプロン姿の瀬名が「準備は万端です」と頷いた。上條も頷いて、「こっちも万端だぞ」とケーキの入った箱を差し出した。

ダイニングのテーブルには、豪勢な料理が所狭しと並べられていた。上條が見たことのないような料理まである。なんだか知らないが瀬名ってすごい、と本気で感動した。

「お前、コックさんになれるぞ。どれもすげぇ美味そう」

「美味そう、ではありません。実際においしいんですから」

瀬名はテーブルの中央にケーキを置いて、ロウソクを立てた。長いものが一本、短いものが八本ある。今日は祥の十八歳の誕生日なのだ。

インターホンが鳴った。モニターには祥と初めて見る青年の顔が映っていた。瀬名は受話器を取って応対に出て、何食わぬ態度で自動ドアの鍵を開けた。

「今のが赤松くんか？」

「ええ。七時になったら、祥を連れて一緒に帰ってきてほしいと頼んでおいたんです。上條さん、ロウソクの火をお願いします」

ライターを受けとり、ロウソクに火を灯《とも》していく。すべてつけ終わって、「よし」と頷いた時、玄関のほうから祥たちの帰ってきた気配がした。

上條と瀬名はドアの前で祥を待ちかまえた。そしてドアが開いて祥の顔が見えた瞬間、それぞれ持っていたクラッカーの紐《ひも》を引っ張り、「おめでとう！」と叫んだ。

パンパンと発火音がして、祥の頭に色とりどりの紙テープや紙吹雪《かみふぶき》が降りそそぐ。目を丸くしてびっくりしている祥に、今度は後ろにいた赤松青年が持参していたクラッカーを鳴らした。

「お誕生日、おめでとう！」

「ええ、赤松くんまで……？　もしかして、智秋と打ち合わせしてたの？」

赤松は「うん。してた」と笑い、「ほら、入って」と祥の背中を押した。オタク仲間だというから、勝手にそういう外見を予想していたのだが、まったく違った。背が高く、なかなかハンサムな青年だ。

黒縁の眼鏡をかけているが、似合っていて今風でお洒落《しゃれ》に見える。アイドルグループの誰かに似ているような気がしたが、失念して名前までは思いだせなかった。

「祥。まずはケーキのロウソクを吹き消して」

瀬名に促され、祥はテーブルの前へと進んだ。ロウソクが載った大きなイチゴケーキを見て、祥は「すごい」と大喜びした。にこにこしながら、一生懸命ロウソクを吹き消す姿は幼い子供みたいで可愛かった。

テーブルに座って食事を開始してから、上條は赤松とお互いに自己紹介をした。

「上條さん、警視庁の刑事さんなんですよね。すごいですね。憧れてしまいます。俺、昔から刑事ドラマとか大好きなんです」

「いやぁ。ドラマみたいに格好いい仕事じゃないけどね」

「格好いいですよ。本物の刑事さんと会えて感激してます。友達にも自慢しちゃいます」

今時、珍しいほどの好青年だ。上條は赤松に好感を持った。

「智秋さん。このグラタン、むちゃくちゃおいしいです。アメリカに遊びに行った時に、つくってくれたのと同じ料理ですよね？」

「うん。赤松くんがすごく気に入ってくれたから、またつくってみたんだ」

「わあ。嬉しいな。智秋さん、優しいから大好き」

好感度が一気に下がった。年上の男に大好きなんて軽々しく言うのは、日本男児としてあまりいただけない。

一時間ほどで料理をあらかた食べ尽くしたので、食後のコーヒーを飲むことになった。赤松が汚れた食器を持っていこうとしたら、瀬名が「赤松くんはいいよ」と押し止めた。

「ソファで祥とテレビでも見てて。片づけは上條さんが手伝ってくれるから」

勝手に決められてしまった。上條は渋々、皿をキッチンに運び、瀬名はシンクで汚れ物を洗い始めた。すべて運び終えて手持ち無沙汰《ぶさた》になった上條は、そのままキッチンに留まった。祥と赤松はソファでアニメの話に夢中だったので、あっちに行っても話には加われない。

「皿、拭《ふ》こうか？」

「いいですよ。割られたら困るので」

「子供じゃないんだから、割るかよ。……関係ないけど、お前、アメリカでは智秋って呼ばれてるのか？」

瀬名は泡だらけのスポンジをテキパキ動かしながら、「ええ」と頷いた。

「親しい人はみんな智秋と呼んでますね。それがどうかしましたか？」

「いや。だったら、俺も智秋って呼んだほうがいいのかと思ってさ」

赤松があまりに智秋智秋と連呼するものだから、なんとなく自分だけ苗字で呼ぶことに疎外感を覚えた。もし瀬名が名前のほうがいいと言うなら、そうしてやってもいいかな、という軽い思いつきだった。

「お前がそうしてほしいって言うなら、智秋って呼んでやろうか？」

「嫌です。呼ばないでください」

ものすごく嫌そうな顔で頭から否定されたので、ムカッとした。少しは考えてから答えろ。

「なんで嫌なんだよ？」

「なんでもです。上條さんに名前を呼ばれたくありません。これ、本気で言ってますから」

どうしてそこまで全力で否定するのかわからない。あの夜はベッドの相手として誘ったくせに、あんまりな態度ではないか。

「お前、俺のことが嫌いなのか？」

「嫌いだなんて言ってないでしょう。ただ名前で呼ばれたくないと言っただけです」

「だから、なんで駄目なんだよ。赤松くんだって、お前のこと智秋って呼んでるのに」

瀬名は手を止め、上條を振り返った。

「もしかして、赤松くんに対抗心でも持っているんですか?」

「え? ち、違うよ、馬鹿。何言ってんだ。そんなんじゃないって。……もういいよ。別に俺がそう呼びたいって話じゃないんだ。本当に誤解すんなよ。呼ばれ慣れてる名前のほうが、お前もいいんじゃないかと思ったから俺は――」

「上條さん。電話が鳴ってるよ」

祥が上條の携帯を手に持って、キッチンにやってきた。

「お、すまんな」

瀬名の冷たい視線を頬に感じながら、携帯の通話ボタンを押した。相手は佐目《さめ》だった。

「お疲れ様です。なんかありましたか?」

『――上條。鈴村が見つかったぞ』

佐目が前置きもせずに言った。その声の調子から、上條は自分たちが間に合わなかったことを悟った。

「見つかったのは、鈴村の死体ですよね」

瀬名と祥がハッとしたように上條を見つめた。

『ああ。俺もまだ現場に向かってる途中だから、この目で仏さんは拝んでないんだが、どうやら三沢と同じで餓死死体のようだ。性器の切断も確認されている。それと、あの文字。なんだっけ、真宮祥の手に書かれていたやつ』

「Murder by Numbersですか」

『ああ、それそれ。同じ言葉が、ガイシャ本人の腕に残されていたってよ。これでもう決まりだな。疑いようのない、完全な連続殺人事件だ』

上條が現場の住所を聞いていると、瀬名が気を利かしてメモに書き留めてくれた。遺棄現場はまたもや江東区《こうとう》で、荒川《あらかわ》の河川敷だった。地図で確認してみないことには、はっきりと断言できないが、三沢の死体が遺棄された場所から、数キロほどしか離れていない。

上條は電話を切ると、椅子の背にかけていた背広を摑んだ。

「悪いな。仕事に行ってくる」

瀬名と祥は深刻な表情で頷いた。隣で話を聞いていたので、事情は説明しなくてもわかっているようだ。赤松だけが何事かと、ソファの上からこちらを見ている。

「赤松くん、事件が起きた。悪いが先に失礼する。またな」

「あ、はい。お仕事、頑張ってくださいっ」

玄関で靴を履いていると、追いかけてきた祥が後ろで「ごめんなさい」と呟いた。

「僕、なんの役にも立てなくて……。僕が犯人のこと、ちゃんと覚えていたら、鈴村さんて人、死なずに済んだかもしれないのに……っ。本当にごめんなさいっ」

祥の目には涙が浮かんでいた。それを見て胸が痛んだ。上條はたまらなくなって祥の頭を胸に抱き寄せ、「馬鹿言うな」と囁いた。

「祥のせいなんかじゃない。お前が責任を感じることなんてないんだよ」

「でも……」

「犯人は俺たちが必ず逮捕する。お前は余計な心配なんてしなくていいから」

俯《うつむ》いて唇を噛んでいる祥を瀬名に託し、上條は部屋を出た。表通りに出てタクシーを拾い、運転手に現場の住所を告げる。

シートに背中を預けて、目を閉じた。しばらくして静かな車内に、歯ぎしりの音が響いた。思いきり奥歯を噛みしめていたことに気づき、上條は力を抜けと自身に言い聞かせた。

遠からずこういう事態になることは予想していたが、実際にそうなってみるとこたえた。警察の無能さが、ひとりの人間を死に追いやった。救えたかもしれない命を犯人に奪われた。罪もない少年に、無駄な罪悪感を持たせる結果になってしまった。

心の中で「くそったれ」と吐き捨てた時、携帯が鳴った。着信を確かめてみると、見たことのない携帯の番号だった。

「もしもし?」

『やほー、上條さん。元気?』

明るい声は葉鳥忍のものだった。この前に会った時、携帯の番号を教えたことを思い出す。

「なんだよ。俺はこれから仕事なんだ。用があるなら手短に頼むぞ」

『もう、素っ気ないんだから。ま、いいや。じゃあ、ひとことだけ。——鈴村を殺した犯人は警察には渡さねぇ』

葉鳥の声の調子ががらっと変わった。あの可愛い顔のどこから、そんな地を這《は》うような低い声が出るのだと驚いた。

『犯人は俺の獲物だ。絶対に俺が先に見つけ出してやる』

挨拶もなしに電話は唐突に切れた。言いたいことだけ言いやがって、と舌打ちして携帯を背広のポケットにしまう。

それにしても情報が早すぎる。葉鳥に内部情報をリークしている警察関係者は、明らかに捜査本部の人間だ。あの声の様子からして、葉鳥の怒りは相当なものだ。きっと鈴村が死んだと知らされ、いてもたってもいられなくなって上條に苛立ちをぶつけてきたのだろう。

立場も目的もまったく違えど、犯人に対する怒りは同じなのだと思ったら、葉鳥に少しだけ親近感を覚えた。

上條は窓の外を流れていく夜の街に目をやりながら、真剣に考えた。

これは連続殺人事件だ。そのことは疑いようもない。

だがこれで終わりなのか？　それともまだ続いていくのか？

犯人がまだ同じ犯行を続けるつもりでいるなら、こうしている間にも、次の犠牲者がどこかでさらわれようとしている可能性もある。

上條は膝の上に置いた拳《こぶし》を、強く握り締めた。夜の闇《やみ》にひそむ姿なき犯人が、どこかで笑っている気がした。

あとがき

こんにちは、もしくは初めまして。英田《あいだ》サキです。半年ぶりの新刊になります。キャラ文庫さまからは『恋ひめやも』以来なので、七か月ぶりですね。その『恋ひめやも』ですが、今秋、インターコミュニケーションズさんでドラマCD化される予定です。どんな作品になるのか今から楽しみです。

暗い話で恐縮なんですが、不調続きで周囲にご迷惑をおかけしてばかりなので、もういっそ休業したほうがいいのでは……と思っていたのですが、久しぶりに作品を書き上げられたことで気持ちが持ち直せた気がします。とにもかくにも、達成感は大事ですね。

私の老いぼれヨレヨレ話はさて置き、本作は新しいシリーズの第一作目です。事件も恋もまだまだこれからという感じですが、今後ともどうぞよろしくお願いいたします。

個人的に瀬名《せな》のツンデレ具合が気に入っています。好きなのに、なぜあの態度。上條《かみじょう》の流され侍っぷりもなかなかですが。「俺はホモじゃない！」の言い訳がいつまで通用するのやら。祥《しょう》はこれからが大変そうです。そして新藤《しんどう》と葉鳥《はとり》も、まだまだ上條たちに絡んでくる予定です。ちなみに葉鳥が乗ってるドラッグスターは、うちのマンションの駐車場に停まっておりまして、あまりに素敵なので横を通るたびガン見しています。痺れるフォルムに視線が釘付け。

イラストを担当してくださった葛西《かさい》リカコ先生。素敵なイラストの数々をありがとうございました。大変ご迷惑をおかけして申し訳ありませんでした。慌ただしい中で作業していただいたのに、どのイラストも素晴らしくて感激しました。心より深くお礼を申し上げます。

担当さまにはまたまたというか、もしかしなくても過去最高にご迷惑をおかけしてしまったのではないかと思います。今の私としては奇跡的な早さで書けましたが、それでもスタートが遅かった分、結局、大変な状況に……。申し訳ありませんでした。こんな駄目駄目駄目駄目人間を、いつも明るく支えてくださって、言葉にできないほど感謝しております。

また本作を出版・販売するにあたり、ご尽力とお力添えをいただきました皆さまにも、この場をお借りして謹んでお礼を申し上げます。

読者の皆さま、ここまでおつき合いいただきまして、ありがとうございます。これからまだ続いていくお話ですが、よろしければご感想などぜひお聞かせくださいね。あなたの好きなキャラなんか教えていただけると、すごく嬉しいです。

二〇一〇年六月　英田サキ

この本を読んでのご意見、ご感想を編集部までお寄せください。

《あて先》〒105－8055　東京都港区芝大門2－2－1　徳間書店　キャラ編集部気付
「ダブル・バインド」係

■初出一覧

ダブル・バインド……書き下ろし

ダブル・バインド……【キャラ文庫】

2010年6月30日　初刷

著者　英田サキ
発行者　吉田勝彦
発行所　株式会社徳間書店
〒105-8055　東京都港区芝大門2-2-1
電話048-451-5960（販売部）
03-5403-4348（編集部）
振替00140-0-44392

印刷・製本　図書印刷株式会社
カバー・口絵　近代美術株式会社
デザイン　百足屋ユウコ

ISBN978-4-19-900573-2

好評発売中

英田サキの本
【DEADLOCK《デッドロック》】
イラスト◆高階 佑

同僚殺しの冤罪《えんざい》で、刑務所に収監された麻薬捜査官のユウト。監獄から出る手段はただひとつ、潜伏中のテロリストの正体を暴くこと——!!　密命を帯びたユウトだが、端整な容貌と長身の持ち主でギャングも一目置く同房のディックは、クールな態度を崩さない。しかも「おまえは自分の容姿を自覚しろ」と突然キスされて…!?　囚人たちの欲望が渦巻くデッドエンドLOVE!!

好評発売中

英田サキの本

【DEADHEAT《デッドヒート》】

DEADLOCK《デッドロック》2

イラスト◆高階 佑

宿敵コルブスを追えば、いつかディックに会える――。密かな希望を胸にFBI捜査官に転身したユウト。彼を縛るのは、愛を交しながら決別を選んだCIAのエージェント・ディックへの執着だけだった。そんなある日、ユウトはついにコルブスに繋がる企業との接触に成功!! ところがそこで変装し別人になり済ましたディックと再会し!? 敵対する二人が燃え上がる刹那――デッドエンドLOVE第２弾!!

好評発売中

英田サキの本

【DEADSHOT《デッドショット》】

DEADLOCK《デッドロック》3

イラスト◆高階 佑

ディックを復讐の連鎖から解放したい——。宿敵コルブスの逮捕を誓い、捜査を続けるFBI捜査官のユウト。次のテロ現場はどこか、背後に潜むアメリカ政府の巨大な影とは…？ ついに決定的証拠を掴んだユウトは、コルブスと対峙する!! ところがそこに現れたディックがコルブスの銃弾に倒れ…!? 執念と憎悪と恋情——刑務所から始まった三人のドラマが決着を迎える、衝撃のラストステージ!!

投稿小説★大募集

『楽しい』『感動的な』『心に残る』『新しい』小説——

みなさんが本当に読みたいと思っているのは、どんな物語ですか？　みずみずしい感覚の小説をお待ちしています！

•応募きまり•

[応募資格]

商業誌に未発表のオリジナル作品であれば、制限はありません。他社でデビューしている方でもOKです。

[枚数／書式]

20字×20行で50〜100枚程度。手書きは不可です。原稿は全て縦書きにして下さい。また、800字前後の粗筋紹介をつけて下さい。

[注意]

①原稿はクリップなどで右上を綴じ、各ページに通し番号を入れて下さい。また、次の事柄を１枚目に明記して下さい。
（作品タイトル、総枚数、投稿日、ペンネーム、本名、住所、電話番号、職業・学校名、年齢、投稿・受賞歴）
②原稿は返却しませんので、必要な方はコピーをとって下さい。
③締め切りは特別に定めません。採用の方にのみ、原稿到着から３ヶ月以内に編集部から連絡させていただきます。また、有望な方には編集部からの講評をお送りします。
④選考についての電話でのお問い合わせは受け付けできませんので、ご遠慮下さい。
⑤ご記入いただいた個人情報は、当企画の目的以外での利用はいたしません。

[あて先]

〒105-8055 東京都港区芝大門2-2-1
徳間書店 Chara編集部 投稿小説係

投稿イラスト★大募集

キャラ文庫を読んで、イメージが浮かんだシーンをイラストにしてお送り下さい。キャラ文庫、『Chara』『Chara Selection』『小説Chara』などで活躍してみませんか？

•応募きまり•

[応募資格]

応募資格はいっさい問いません。マンガ家&イラストレーターとしてデビューしている方でもOKです。

[枚数／内容]

①イラストの対象となる小説は『キャラ文庫』か『Chara、Chara Selection、小説Charaにこれまで掲載された小説』に限ります。
②カラーイラスト1点、モノクロイラスト3点の合計4点。カラーは作品全体のイメージを。モノクロは背景やキャラクターの動きの分かるシーンを選ぶこと（裏にそのシーンのページ数を明記）。
③用紙サイズはA4以内。使用画材は自由。

[注意]

①カラーイラストの裏に、次の内容を明記して下さい。
（小説タイトル、投稿日、ペンネーム、本名、住所、電話番号、職業・学校名、年齢、投稿・受賞歴、返却の要・不要）
②原稿返却希望の方は、切手を貼った返却用封筒を同封して下さい。封筒のない原稿は編集部で処分します。返却は応募から1ヶ月前後。
③締め切りは特別に定めません。採用の方にのみ、編集部から連絡させていただきます。また、有望な方には編集部から講評をお送りします。選考結果の電話でのお問い合わせはご遠慮下さい。
④ご記入いただいた個人情報は、当企画の目的以外での利用はいたしません。

[あて先]

〒105-8055 東京都港区芝大門2-2-1
徳間書店 Chara編集部 投稿イラスト係

キャラ文庫最新刊

ダブル・バインド
英田サキ
イラスト◆葛西リカコ

刑事の上條《かみじょう》が担当する死体遺棄事件の鍵を握るのは、一人の少年。事件の真相を追うが、心理学者の瀬名《せな》はなぜか非協力的で!?

僕が一度死んだ日
高岡ミズミ
イラスト◆穂波ゆきね

12年前に死んだ恋人を忘れられずにいた鳴《なる》沢《きわ》の前に現れた少年・有樹《ゆうき》。恋人の生まれ変わりだと名乗る彼を最初は疑うけれど？

FLESH《フレッシュ》 & BLOOD《ブラッド》⑮
松岡なつき
イラスト◆彩

タイムスリップに成功し、和哉《かずや》と再会した海斗《かいと》。一方海斗との永遠の別れを覚悟したジェフリーは、ウォルシンガムに捕縛され!?

義を継ぐ者
水原とほる
イラスト◆高階 佑

桂組組長の傍で静かに生きてきた慶仁《よしひと》に、分家の矢島《やじま》は、身分差をわきまえず近づいてくる。そんな折、跡目争いが勃発し!?

深想心理 二重螺旋5
吉原理恵子
イラスト◆円陣闇丸

借金に苦しむ父が、ついに篠宮《しのみや》家の暴露本を出版！ 雅紀《まさき》はわきあがるスキャンダルから弟たちを守ろうとするが――!?

7月新刊のお知らせ

秋月こお ［超法規すぐやる課(仮)］ cut／有馬かつみ
池戸裕子 ［小児科医の心配の種(仮)］ cut／新藤まゆり
遠野春日 ［極華の契り(仮)］ cut／北沢きょう
樋口美沙緒 ［知らない呼び声(仮)］ cut／高久尚子

7月27日(火)発売予定

お楽しみに♡